普通話發音

基本功

修訂本

王國安 主編

張少雲 彭增安 著

U0132624

商務印書館

普通話發音基本功 （修訂本）

主　　編：王國安

作　　者：張少雲　彭增安

審　　訂：邵敬敏

朗　　讀：于星垣

責任編輯：毛永波

出　　版：商務印書館 (香港) 有限公司

　　　　　香港筲箕灣耀興道 3 號東滙廣場 8 樓

　　　　　http://www.commercialpress.com.hk

發　　行：香港聯合書刊物流有限公司

　　　　　香港新界大埔汀麗路 36 號中華商務印刷大廈 3 字樓

印　　刷：美雅印刷製本有限公司

　　　　　九龍觀塘榮業街 6 號海濱工業大廈 4 樓 A

版　　次：2019 年 10 月第 1 版第 5 次印刷

　　　　　© 2011 商務印書館 (香港) 有限公司

　　　　　ISBN 978 962 07 1939 4

　　　　　Printed in Hong Kong

普通話發音

基本功

修訂本

目　錄

附 錄

MP3 目錄

掃描QRcode
聆聽發音練習

前 言 | 400 音節基本訓練

《普通話發音基本功》是專為廣東人學普通話發音而精心設計的套裝書（包括隨身聆聽 MP3）。

全中國通行的普通話與廣東話在語音、詞彙、語法幾方面都有着很大的差異，其中差異最大而又最困難的是語音，因此，廣東人要學好普通話，首先要學好普通話的發音。要學好普通話的發音，就要從學習並掌握普通話的 400 個基本音節入手。這是由普通話的語音特點所決定的。因為漢語的語音系統簡明而清晰，特別是音節數目有限，即使包括聲調在內，也只有 1,000 多個音節，這就為學習者提供了一條學習的捷徑。廣東話跟普通話在語音方面雖然有很大的不同，但是只要依照本書所教授的方法，就可以用比較短的時間掌握普通話這 400 個基本音節，打好了發音的基礎，有助以後擴充詞彙及學習語法。第一步的音節學習顯然是其他一切學習的出發點，是學習普通話的基本功。我們把這一方法叫做"基本音節訓練法"。

本書不同於一般學習普通話的課本，強調採用新的語言學習觀念，運用新的語言學習方法。

第一，適合初學者使用。本書以普通話 400 個基本音節為學習的基礎和出發點，在依次學習單韻母、聲母、複韻母、鼻韻母時，都密切結合音節的組合和音節的練習。

第二，配套多樣化的練習，以訓練聽、講能力。語言學習是"口耳"之學，因此，本書精心設計了各類型的練習，目的就是加強音節的聽辨能力。

第三，本書尤其針對初學者的需要，精選廣東人學普通話時最常見、最典型的難點，輔以簡潔說明及辨音練習。本書每個章節的學習要求都非常明確。全都包括三大部分：1. 發音技巧、發音訓練；2. 音節組合、拼讀練習；3. 難點說明、難點練習。

　　本書由王國安(上海復旦大學)主編，張少雲、彭增安參加撰寫，邵敬敏(上海華東師範大學)審訂。

使用説明

發音、拼讀、難點

一、基本知識

先閱讀第一講"基本知識",會對普通話的音節,包括聲母、韻母和聲調有初步認識。當再學習其餘的課文時,如遇到疑問,可隨時翻到第一講查閱。

二、發音技巧

從第二講開始,一面聆聽錄音,一面借助"發音技巧"提供的指引,反覆模仿錄音示範的正確發音。

三、發音練習

反覆練習發音技巧裏的韻母或聲母的發音,直至感覺到自己發音純熟自然,然後跟着錄音示範朗讀"發音練習"裏的詞語,以鞏固每一講介紹的韻母或聲母。

四、音節組合

在"音節組合"裏,音節上的數字 1、2、3、4 表示該音節有第一聲、第二聲、第三聲和第四聲。注意部分音節並非四個聲調都是齊全的。音節下的對應漢字,能有效地幫助讀者減少誤讀的機會。

五、拼讀練習

學會個別韻母或聲母的發音以後，再練習聲母和韻母相拼。第二講至第八講先練習拼讀比較簡單的音節，第九講至第十四講則開始拼讀比較複雜的音節，難度會逐步提高。除了雙音節詞語之外，更會拼讀一些有趣的口語材料，例如順口溜。

六、難點說明

本部分主要列舉一般廣東人學習普通話時經常遇到的困難，並以星號 "*" 註明廣東人經常誤讀的音節或詞語，讀者宜小心留意。

七、難點練習

根據廣東人經常誤讀的發音陷阱，選擇部分常用詞語集中練習，以保證優先解決粵方言地區讀者學習普通話的困難。

八、音變

第十五講至第十八講，主要介紹普通話中的 "音變"，包括輕聲、兒化、變調以及 "啊" 的音變。這對學習比較標準的普通話來說，也是非常重要的。

九、附錄

本書收了四個 "附錄"：《常用百家姓》、《中國各省市、自治區名稱表》、《漢語拼音方案》以及《普通話聲韻配合表》。為讀者提供一些學習普通話必不可少的基本資料，方便查閱，也可以用來作朗讀練習。

第 1 講　基本知識

聲母、韻母、聲調

$\mathcal{普}$ 通話是全國通行的標準語，它的語音以北京音為標準，詞彙以北方話為基礎，語法以典範的現代白話文著作為規範。普通話的"普通"兩字，不是"普普通通"的意思，而是指"普遍通用"。

普通話的語音系統清晰而簡明，一共只有 400 多個音節（詳見附錄《普通話聲韻配合表》）。普通話的音節有以下特點：

1. 一個漢字基本上就是一個音節（除了少數"兒化詞"）。

2. 每個音節基本上都是由聲母、韻母和聲調三部分構成（少數為零聲母音節）。

3. 每個音節的韻母和聲調是必不可少的，韻母又可以分為韻頭、韻腹和韻尾，其中韻腹是必不可少的。

下面根據《漢語拼音方案》（詳見附錄）的有關規定，對普通話語音的基本知識作一個簡單的介紹。

一、聲母

現代語音學把最小的語音單位分為兩類：

1. 元音：氣流從口腔裏出來不受阻礙，聲帶顫動所發出的音。例如：ɑ、o、e、i、u、ü。

2. 輔音：氣流從口腔或鼻腔裏出來受到阻礙所發出的音。

例如：b、p、m、f、d、t、n、l。

聲母就是音節開頭部分的輔音。例如："普"pǔ 裏的 p、"通"tōng 裏的 t、"話"huà 裏的 h。不過，普通話裏也有少數不用輔音做聲母的音節，這就叫"零聲母音節"。例如：愛 ài、歐 ōu。

普通話一共有 21 個聲母(見下表)。

＊ 詳見第 3 至第 8 講。

聲 母 表

b 玻	p 坡	m 摸	f 佛
d 得	t 特	n 訥	l 勒
g 哥	k 科	h 喝	
j 基	q 欺	x 希	
zh 知	ch 蚩	sh 詩	r 日
z 資	c 雌	s 思	

附注 1

聲母單獨發音時，不容易聽清楚，所以為了聽讀方便，在發聲母時，常常在它後面加上一個單元音韻母。其規則是：

(1) b、p、m、f 後面加 o；

(2) d、t、n、l、g、k、h 後面加 e；

(3) j、q、x 後面加 i；

(4) z、c、s 後面加 -i[ɿ]。

(5) zh、ch、sh、r 後面加 -i[ʅ]；

但拼讀具體音節時，需去掉該聲母後的單元音韻母，才不會影響聲母發音的準確度。

二、韻母

韻母就是音節裏去掉聲母後的部分。韻母一般由韻頭、韻腹和韻尾三部分組成，當然可以只有韻腹，或者只有韻頭和韻腹，也可以只有韻腹和韻尾。例如："講普通話"這四個字恰恰代表了這四種類型：

漢字	音節	聲母	韻頭	韻腹	韻尾
講	jiǎng	j	i	ɑ	ng
普	pǔ	p	—	u	—
通	tōng	t	—	o	ng
話	huà	h	u	ɑ	—

只有一個元音的韻母，叫單韻母，例如：普 pǔ；有兩個或三個元音構成的韻母叫複韻母；例如：話 huà、小 xiǎo；以 -n 或 -ng 做韻尾的韻母叫鼻韻母；例如：人 rén、講 jiǎng。普通話實際上共有 39 個韻母（見下表）。

✳ 詳見第 2、第 9 至第 14 講。

韻母表

			i	衣	u	烏	ü	迂
單韻母	ɑ	啊	iɑ	呀	uɑ	蛙	—	
	o	喔	—		uo	窩	—	
	e	鵝	ie	耶	—		üe	約
複韻母	ai	哀	—		uai	歪	—	
	ei	欸	—		uei	威	—	
	ao	熬	iao	腰	—		—	
	ou	歐	iou	憂	—		—	
鼻韻母	an	安	ian	煙	uan	彎	üan	冤
	en	恩	in	因	uen	溫	ün	暈
	ang	昂	iang	央	uang	汪	—	
	eng	亨的韻母	ing	英	ueng	翁	—	
	ong	轟的韻母	iong	雍				

《漢語拼音方案》的韻母表只列出 35 個韻母，而普通話的韻母實際上應該有 39 個。其餘 4 個因為比較特殊，沒有列出來。它們是：

(1) e [ɛ]：單用只有一個詞 "誒"。

(2) er [ɚ]：只構成兒韻。

(3) -i [ɿ]：只出現在 z、c、s 的後面。

(4) -i [ʅ]：只出現在 zh、ch、sh、r 的後面。

三、聲調

　　聲調，就是貫穿整個音節字音的高低升降的變化。普通話的每個音節都是有聲調的，因此，聲調是普通話音節結構中不可缺少的部分。

　　普通話的聲調主要是由相對音高來決定的，它的原理跟音樂相似，所以可以用 "五度制" 來表示，即把最低的音值定為 1，依次為 2、3、4，最高的音值定為 5。

聲調表

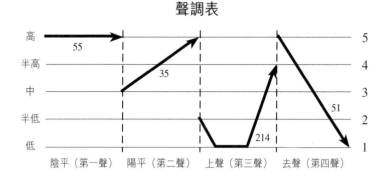

　　聲調符號根據上面的示意圖簡化為：

第一聲	ā ō ē ī ū ǖ
第二聲	á ó é í ú ǘ
第三聲	ǎ ǒ ě ǐ ǔ ǚ
第四聲	à ò è ì ù ǜ

(1) 聲調符號標寫時，必須標在韻母的韻腹上，也就是整個音節中發音最響亮的元音上。

(2) 普通話是有聲調的語言，聲調的作用在於區別意義。例如：

資歷 zīlì ～ 自理 zìlǐ

北京 Běijīng ～ 背景 bèijǐng

其中 qízhōng ～ 器重 qìzhòng

練習 liànxí ～ 聯繫 liánxì

四、漢語拼音拼寫規則

《漢語拼音方案》制定了有關拼音書寫的一系列規則，這對拼讀準確方便、書寫簡明清晰起到一定的作用。這裏主要注意兩點：

第一，y(讀做 "ya" 呀)、w(讀做 "wa" 娃)和隔音符號的作用，是為了在音節連寫時，使音節的界限清楚。

第二，省寫規則，目的是為了拼音書寫更簡便。

最重要的拼寫規則有以下幾點：

1. i 行的零聲母音節在書寫時，有兩種情況：

i 是韻腹時，i 前面加上 y。例如：

yi yin ying

i 是韻頭時，i 直接改為 y。例如：

ya ye，yao you，yan yang yong

2. u 行的零聲母音節在書寫時，也有兩種情況。例如：

u 是韻腹時，u 前面加上 w。例如：

wu

u 是韻頭時，u 直接改為 w。例如：

wa wo wai wei，wan wang wen weng

3. ü 行的零聲母音節在書寫時，一律加上 y，並且把 ü 上的兩點去掉。例如：

yu　yue　yuan　yun

4. ü 行韻母跟聲母 j、q、x 相拼時，ü 上面兩點去掉。例如：

ju　qu　xu

當 ü 跟聲母 n、l 相拼時，ü 上面的兩點不能去掉，否則會跟 nu、lu 相混。例如：nü、lü

5. 韻母 iou、uei、uen 跟聲母相拼時，中間的韻腹（如 o、e）一律省寫。例如：

jiu　liu　dui　zui　tun　sun

6. a、o、e 開頭的音節如果在多音節詞中，出現在其他音節的後面，並且有可能發生音節界限不清時，該音節前面要加上隔音符號（'）。例如：

西安 Xī'ān　　企鵝 qǐ'é

五、輕聲

所謂輕聲，是指某些音節在詞語或句子中失去原有的聲調，唸得又輕又短，這主要是音強和音長在起作用。任何輕聲音節都有原來的本調，所以輕聲不是第五個聲調，而只是一種音變現象。拼寫時輕聲音節不標調。

例如 ⋯▸ 媽媽 māma　　學生 xuésheng

走了 zǒu le　　我的 wǒ de

＊ 詳見第 15 講。

六、兒化

所謂兒化，就是韻母 er 跟前面音節的韻母結合，形成一種捲舌動作。兒化以後的韻母就叫兒化韻。注意兒韻和兒化韻是不同的：

兒韻是普通話 39 個韻母裏的一個。例如：而 ér、二 èr、耳 ěr、兒 ér、餌 ěr、爾 ěr，寫作 er，自成音節，而且有聲調。

兒化韻則指其他韻母兒化以後形成的韻母，在該韻母後面添上 r 表示，r 沒有聲調，也不獨立成音節。

例如 ┈▶　花兒 huār　　　玩兒 wánr
　　　　　面兒 miànr　　　信兒 xìnr

＊ 詳見第 16 講。

七、變調

所謂變調，是指某個音節的聲調由於受到後面音節聲調的影響，發生了變化。注意即使聲調實際變化了，拼寫時聲調符號仍然不變(為方便讀者，"一"、"不"按實際變調標寫)。普通話的音變主要有：

1. 第三聲的變調：

(a) 第三聲和第三聲相連，前面的第三聲要變為 35，跟第二聲差不多。

例如 ┈▶　小姐 xiǎojiě　　　你好 nǐhǎo

(b) 第三聲和非第三聲相連，前面的第三聲要變為 211，是個低平調。

例如 ┈▶　語音 yǔyīn
　　　　　語言 yǔyán
　　　　　語調 yǔdiào

2. "一"（原調第一聲）、"不"（原調第四聲）的變調：

(a) "一"、"不"在第四聲前面都變為 35，跟第二聲差不多。

例如⋯➡ 一共 yígòng　　不去 búqù

(b) "一"在非第四聲的前面，變為 51，跟第四聲差不多。

例如⋯➡ 一張 yìzhāng

一年 yìnián

一起 yìqǐ

(c) "一"、"不"在重疊詞語中間，以及"不"在動補詞組中間，都變為輕聲。

例如⋯➡ 說一說 shuōyishuō

看不看 kànbukàn

寫不出 xiěbuchū

＊ 詳見第 17 講。

八、"啊"的音變

語氣詞"啊"出現在句子末尾或者句子中間時，由於受到前面音節韻母的影響，會發生音變。例如：

你啊 nǐ a　→　你呀 nǐ ya

苦啊 kǔ a　→　苦哇 kǔ wa

看啊 kàn a　→　看哪 kàn na

＊ 詳見第 18 講。

第2講 單韻母

α、o、e、é、i、
u、ǔ、-i、-i、er

(MP3) 一、發音技巧

α　如廣東話 "爸 ba¹" 字的韻母。

o　如廣東話 "多 dɔ¹" 字的韻母。

e　廣東話沒有這個音，請特別注意錄音示範。

ê　如廣東話 "車 tsɛ¹" 字的韻母。

i　如廣東話 "衣 ji¹" 字的發音。

u　如廣東話 "烏 wu¹" 字的發音。

ü　如廣東話 "於 jy¹" 字的發音。

-i　[ɿ] 這個音不單獨成為音節，只跟 z、c、s 這三個聲母相拼，zi、ci、si 延長即為此音。

-i　[ʅ] 這個音不能單獨成音節，只跟 zh、ch、sh、r 這四個聲母相拼，zhi、chi、shi、ri 延長即為此音。

er　捲舌音，自成音節，不同任何聲母相拼。廣東話沒類似的音，請特別注意錄音示範。

張大嘴巴 a、a、a；大公雞叫 o、o、o；

一件衣服 i、i、i；火車叫 u、u、u；

一條鯉魚 ü、ü、ü。

(MP3) 二、發音練習

聆聽錄音後朗讀下列詞語：

a	啊 ā	媽媽 māma	發達 fādá
o	哦 ō	婆婆 pópo	潑墨 pōmò
e	鵝 é	哥哥 gēge	合格 hégé
i	衣 yī	弟弟 dìdi	機器 jīqì
u	烏 wū	姑姑 gūgu	誤讀 wùdú
ü	迂 yū	語句 yǔjù	序曲 xùqǔ
ê	欸 ē̂	爺爺 yéye	夜晚 yèwǎn
-i[ɿ]	–	私自 sīzì	字詞 zìcí
-i[ʅ]	–	支持 zhīchí	指示 zhǐshì
er	兒 ér	二十 èrshí	耳目 ěrmù

三、音節組合

以上韻母有如下音節（零聲母音節）：

韻母 聲母	a	o	e	i	u	ü	ê	er
零	a	o	e	i	u	ü	ê	er
	1234	1234	1 2 3 4	1 2 3 4	1 2 3 4	1 2 3 4	1234	2 3 4
	阿	哦	婀鵝惡餓	衣移椅意	烏無五霧	迂魚雨遇	欸	兒耳二

(MP3) 四、拼讀練習

阿姨	āyí	啊呀	āyā
鱷魚	èyú	惡意	èyì
意義	yìyì	椅子	yǐzi
無意	wúyì	屋子	wūzi
雨衣	yǔyī	於是	yúshì
耳語	ěryǔ	兒子	érzi

五、難點說明

1. er 不等於 yi

廣東話沒有捲舌音 er，特別要留心區別。一般人受廣東話影響，耳、二、兒都讀作 yi。

2. e 不等於 o

單韻母發音不到位，廣東話最不容易發的是 e，發音時，韻母舌位前後位置不準確，主要是舌位過於靠前。

廣東話沒有 e [ɤ] 這個韻母，一般人容易受廣東話影響讀成 o，如歌 gē 誤讀成 *go，何 hé 誤讀成 *ho。

3. 普通話沒有入聲

普通話讀 e 的字中，有些在廣東話中讀成以 p、t、k 結尾的入聲，讀者應多加留意，避免受廣東話影響。

例如 ⋯⋯

	廣東話	普通話
鴿	gɐp[8]	gē
色	sik[7]	sè
咳	kɐt[7]	ké

⟨MP3⟩ 六、難點練習

兒科 érkē ～ 醫科 yīkē

二胡 èrhú ～ 一壺 yìhú

格外 géwài ～ 國外 guówài

河口 hékǒu ～ 火口 huǒkǒu

鴿子 gēzi ～ 歌子 gēzi

刻本 kèběn ～ 課本 kèběn

第**3**講 聲母 (1)

b、p、m、f

(MP3) 一、發音技巧

b　如廣東話 "包 bau¹" 的聲母。

p　如廣東話 "拋 pau¹" 的聲母。

m　如廣東話 "媽 ma¹" 的聲母。

f　如廣東話 "翻 fan¹" 的聲母。

> 像個 6 字 b、b、b；臉盆潑水 p、p、p；
>
> 兩個門洞 m、m、m；一根枴杖 f、f、f。

(MP3) 二、發音練習

聆聽錄音後朗讀下列詞語：

b	玻 bō	爸爸 bàba	伯伯 bóbo
p	坡 pō	琵琶 pípá	婆婆 pópo
m	摸 mō	媽媽 māma	謎語 míyǔ
f	佛 fó	發福 fāfú	法律 fǎlù

普通話發音基本功　**13**

三、音節組合

b、p、m、f與所學單韻母相拼，可得如下音節：

韻母 聲母	a	o	e	i	u	ü
b	ba 1　2 巴　拔 3　4 把　霸	bo 1　2 玻　博 3　4 跛　簸	—	bi 1　2 逼　鼻 3　4 比　蔽	bu 1　2 逋　醭 3　4 補　布	—
p	pa 1　2 趴　爬 3　4 —　怕	po 1　2 潑　婆 3　4 笸　破	—	pi 1　2 批　皮 3　4 痞　譬	pu 1　2 撲　僕 3　4 普　鋪	—
m	ma 1　2 媽　麻 3　4 馬　罵	mo 1　2 摸　摩 3　4 抹　末	—	mi 1　2 眯　迷 3　4 米　密	mu 1　2 —　模 3　4 母　暮	—
f	fa 1　2 發　乏 3　4 法　髮	fo 1　2 —　佛 3　4 —　—	—	—	fu 1　2 夫　扶 3　4 府　富	—

(MP3) 四、拼讀練習

1. **b-a-ba** 爸爸 bàba　　　　**b-o-bo** 伯伯 bóbo

   b-i-bi 碧綠 bìlǜ　　　　**b-u-bu** 布疋 bùpǐ

2. **p-ɑ-pɑ** 爬梯 pátī   **p-o-po** 魄力 pòlì
    p-i-pi 批發 pīfā   **p-u-pu** 瀑布 pùbù

3. **m-ɑ-mɑ** 麻痹 mábì   **m-o-mo** 墨盒 mòhé
    m-i-mi 彌補 míbǔ   **m-u-mu** 墓地 mùdì

4. **f-ɑ-fɑ** 伐木 fámù   **f-o-fo** 佛珠 fózhū
    f-u-fu 服務 fúwù

五、難點說明

避免 b、p 混淆

廣東話一些以 b 開首的字，普通話讀成以 p 開首。

例如 ⋯⋯➤

	廣東話	普通話
啤	bɛ¹	pí
品	bɐn²	pǐn
坡	bɔ¹	pō

(MP3) 六、難點練習

啤酒 píjiǔ   ~   酒杯 jiǔbēi

品味 pǐnwèi   ~   本位 běnwèi

坡地 pōdì   ~   薄地 bódì

第**4**講 |

d、t、n、l

(MP3) 一、發音技巧

d　　如廣東話"打 da²"的聲母。

t　　如廣東話"他 ta¹"的聲母。

n　　如廣東話"拿 na⁴"的聲母。

l　　如廣東話"料 liu⁶"的聲母。

> 小馬快跑 d、d、d；傘柄朝下 t、t、t；
> 一個門洞 n、n、n；一根小棒 l、l、l。

(MP3) 二、發音練習

聆聽錄音後朗讀下列詞語：

d	得 dé	弟弟 dìdi	大地 dàdì
t	特 tè	體育 tǐyù	體力 tǐlì
n	訥 nè	努力 nǔlì	婦女 fùnǔ
l	勒 lè	力度 lìdù	喇叭 lǎba

普通話發音基本功　**17**

三、音節組合

d、t、n、l 與所學單韻母相拼，可得如下音節：

韻母〔聲母〕	a	o	e	i	u	ü
d	da 1 搭　2 達 3 打　4 大	—	de 1 —　2 得 3 —　4 —	di 1 低　2 舐 3 底　4 地	du 1 都　2 獨 3 賭　4 度	—
t	ta 1 他　2 — 3 塔　4 踏	—	te 1 —　2 — 3 —　4 特	ti 1 梯　2 題 3 體　4 剃	tu 1 禿　2 徒 3 土　4 兔	—
n	na 1 —　2 拿 3 哪　4 納	—	ne 1 —　2 — 3 —　4 訥	ni 1 —　2 泥 3 你　4 膩	nu 1 —　2 奴 3 努　4 怒	nü 1 —　2 — 3 女　4 衄
l	la 1 拉　2 見 3 喇　4 辣	—	le 1 —　2 勒 3 —　4 樂	li 1 —　2 梨 3 李　4 利	lu 1 —　2 盧 3 魯　4 路	lü 1 —　2 驢 3 旅　4 慮

四、拼讀練習

1. **d-a-da** 大地 dàdì   **d-e-de** 得體 détǐ
   d-i-di 地理 dìlǐ   **d-u-du** 毒氣 dúqì

2. **t-a-ta** 踏步 tàbù   **t-e-te** 特務 tèwu
   t-i-ti 體力 tǐlì   **t-u-tu** 徒弟 túdi

3. **n-a-na** 那麼 nàme   **n-i-ni** 泥土 nítǔ
   n-u-nu 努力 nǔlì   **n-ü-nü** 女兒 nǔ'ér

4. **l-a-la** 蠟筆 làbǐ   **l-e-le** 樂趣 lèqù
   l-i-li 禮物 lǐwù   **l-u-lu** 陸地 lùdì
   l-ü-lü 綠卡 lùkǎ

五、難點說明

不應混淆 n 和 l

廣東人有的不分 n、l，往往把 n 讀成 l，如"男女"（nán nǔ）讀成"襤褸"（lán lǔ），或把廣東話的"你 nei⁵"讀成"理 lei⁵"。注意 n、l 的發音部位相同，n 帶鼻音，l 則沒有。

廣東人 n 和 l 混淆，除了把 n 讀成 l，還易犯另一種錯誤，就是把 l 讀成 n。本來廣東話和普通話聲母相同，但矯枉過正，常把 l 讀成 n，常見的是把"旅、冷、零、藍"的聲母都誤讀成 n。

六、難點練習

蠟筆 làbǐ ～ 拿筆 nábǐ

離題 lítí ～ 擬題 nǐtí

泥巴 níbā ～ 籬笆 líba

女客 nǔkè ～ 旅客 lǔkè

第**5**講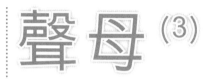

聲母⑶

g、k、h

MP3 一、發音技巧

g 如廣東話 "孤 gu¹" 的聲母。

k 如廣東話 "誇 kwa¹" 的聲母。

h 如廣東話 "哈 ha¹" 的聲母。

> g 字加鈎 g、g、g；
>
> 一挺機槍 k、k、k；
>
> 一把椅子 h、h、h。

MP3 二、發音練習

聆聽錄音後朗讀下列詞語：

g	哥 gē	哥哥 gēge	鼓勵 gǔlì
k	科 kē	可可 kěkě	苦力 kǔlì
h	喝 hē	赫赫 hèhè	呼吸 hūxī

三、音節組合

g、k、h 與所學單韻母相拼，可得如下音節：

韻母 聲母	**a**	**o**	**e**	**i**	**u**	**ü**
g	ga 1　2 旮　嘎 3　4 旮　尬	—	ge 1　2 歌　革 3　4 葛　個	—	gu 1　2 姑　— 3　4 古　故	—
k	ka 1　2 咖　— 3　4 卡　—	—	ke 1　2 科　咳 3　4 渴　課	—	ku 1　2 枯　— 3　4 苦　庫	—
h	ha 1　2 哈　蛤 3　4 哈　哈	—	he 1　2 喝　合 3　4 —　賀	—	hu 1　2 呼　湖 3　4 虎　互	—

(MP3) 四、拼讀練習

1. **g-a-ga**　　咖喱　　gālí

   g-e-ge　　歌曲　　gēqǔ

   g-u-gu　　孤獨　　gūdú

2. **k-a-ka**　　卡車　　kǎchē

   k-e-ke　　刻苦　　kèkǔ

   k-u-ku　　哭泣　　kūqì

3. **h-ɑ-hɑ**   蛤蟆   háma

　　h-e-he   和氣   héqi

　　h-u-hu   糊塗   hútu

五、難點說明

1. 避免 f、h 混淆

廣東話有一些以 f 開頭的字，普通話讀成以 h 開頭。

例如 ···→

	廣東話	普通話
呼	fu[1]	hū
忽	fɐt[7]	hū

2. 避免 f、k 混淆

廣東話有一些以 f 開頭的字，普通話讀成以 k 開頭。

例如 ···→

	廣東話	普通話
快	fai[3]	kuài
寬	fun[1]	kuān

3. 避免 k、h 混淆

廣東話有一些以 h 開頭的字，普通話讀成以 k 開頭。

例如 ···→

	廣東話	普通話
考	hau[2]	kǎo
開	hɔi[1]	kāi

　　有時廣東話會把 h 誤讀成 k，這些字詞，大多是合口呼 (u-) 音節和 e 韻母音節，如 "貨、化、何" 讀如 kuo，kua，ke。

廣東話中的 h 是喉音，廣東人不習慣在舌根控制氣流，發這個音，h 本是擦音，容易發成塞擦音的 k。

4. 避免 w、h 混淆

廣東話有一些以 w 開頭的字，普通話讀成以 h 開頭。

例如 ⋯➞

	廣東話	普通話
壺	wu⁴	hú
互	wu⁶	hù

(MP3) 六、難點練習

花樣 huāyàng　～　發癢 fāyǎng

火爐 huǒlú　～　俘虜 fúlǔ

快車 kuàichē　～　翻車 fānchē

闊佬 kuòlǎo　～　服老 fúlǎo

考查 kǎochá　～　好茶 hǎochá

開會 kāihuì　～　還會 háihuì

第**6**講　聲母 (4)

j、q、x

一、發音技巧

j　近似廣東話"支 dzi[1]"的讀音。

q　近似廣東話"雌 tsi[1]"的讀音。

x　近似廣東話"詩 si[1]"的讀音。

> 雞追蝴蝶 j、j、j；一隻氣球 q、q、q；
> 刀切西瓜 x、x、x。

二、發音練習

聆聽錄音後朗讀下列詞語：

j	基 jī	積極 jījí	機器 jīqì
q	欺 qī	奇跡 qíjì	崎嶇 qíqū
x	希 xī	戲曲 xìqǔ	稀奇 xīqí

三、音節組合

j、q、x 與所學單韻母相拼，可得如下音節：

韻母 聲母	a	o	e	i	u	ü
j	—	—	—	ji 1　2 雞　集 3　4 擠　寄	—	ju 1　2 居　橘 3　4 舉　句
q	—	—	—	qi 1　2 妻　齊 3　4 起　氣	—	qu 1　2 區　渠 3　4 取　趣
x	—	—	—	xi 1　2 西　席 3　4 洗　細	—	xu 1　2 虛　徐 3　4 許　絮

(MP3) 四、拼讀練習

1. **j-i-ji** 　　基地 jīdì 　　極其 jíqí
   j-ü-ju 　　局部 júbù 　　巨大 jùdà

2. **q-i-qi** 　　氣體 qìtǐ 　　欺負 qīfu
   q-ü-qu 　　屈服 qūfú 　　曲藝 qǔyì

3. **x-i-xi** 　　吸取 xīqǔ 　　西服 xīfú
   x-ü-xu 　　虛無 xūwú 　　許可 xǔkě

五、難點説明

1. 避免 g、j 混淆

廣東話很多以 g 開頭的字，普通話都讀成 j 開頭。

例如 ⋯

	廣東話	普通話
江	gɔŋ¹	jiāng
今	gɐm¹	jīn
家	ga¹	jiā

2. 避免 gw、j 混淆

廣東話很多以 gw 開頭的字，普通話都讀成 j 開頭。

例如 ⋯

	廣東話	普通話
季	gwɐi³	jì
倔	gwɐt⁹	jué
均	gwɐn¹	jūn

3. 避免 k、q 混淆

廣東話很多以 k 開頭的字，普通話都讀成 q 開頭。

例如 ⋯

	廣東話	普通話
棋	kei⁴	qí
求	kɐu⁴	qiú
琴	kɐm⁴	qín

4. 避免 ts、q 混淆

廣東話很多以 ts 開頭的字，普通話都讀成 q 開頭。

例如 ⋯

	廣東話	普通話
親	tsɐn¹	qīn
全	tsyn⁴	quán
請	tsiŋ²	qǐng

5. 避免 h、x 混淆

廣東話很多以 h 開頭的字，普通話都讀成 x 開頭。

例如 ⋯⋯➔

	廣東話	普通話
幸	hɐŋ⁶	xìng
夏	ha⁶	xià
鞋	hai⁴	xié

　　j、q、x 是舌面前音，廣東話地區對舌面和舌尖的發音部位不敏感，容易讀作粵語中的舌葉音，如 "就 jiu" 讀得如粵語 "招"。

(MP3) 六、難點練習

江水 jiāngshuǐ 　～　鋼水 gāngshuǐ

近處 jìnchù 　～　根除 gēnchú

君主 jūnzhǔ 　～　滾珠 gǔnzhū

夏季 xiàjì 　～　下跪 xiàguì

要求 yāoqiú 　～　鈕扣 niǔkòu

棋盤 qípán 　～　開盤 kāipán

親人 qīnrén 　～　今人 jīnrén

全才 quáncái 　～　芹菜 qíncài

幸福 xìngfú 　～　橫幅 héngfú

小鞋 xiǎoxié 　～　小孩兒 xiǎoháir

第**7**講

聲母 (5)

zh、ch、sh、r

🎵(MP3) 一、發音技巧

zh 廣東話沒相似的音，必須捲舌，請特別注意錄音示範。

ch 廣東話沒相似的音，必須捲舌，請特別注意錄音示範。

sh 廣東話沒相似的音，必須捲舌，請特別注意錄音示範。

r 廣東話沒相似的音，必須捲舌，請特別注意錄音示範。

> z 後加 h，zh、zh、zh；c 後加 h，ch、ch、ch；
>
> s 後加 h，sh、sh、sh；小樹發芽 r、r、r。

🎵(MP3) 二、發音練習

聆聽錄音後朗讀下列詞語：

zh	知 zhī	知識 zhīshi	主持 zhǔchí
ch	吃 chī	支持 zhīchí	廚師 chúshī
sh	詩 shī	逝世 shìshì	舒適 shūshì
r	日 rì	日蝕 rìshí	入時 rùshí

三、音節組合

zh、ch、sh、r 與所學單韻母相拼，可得如下音節：

韻母 聲母	a	o	e	i	u	ü	-i	-i
zh	zha 1　2 渣　閘 3　4 眨　詐	—	zhe 1　2 遮　折 3　4 者　浙	—	zhu 1　2 豬　竹 3　4 煮　助	—	—	zhi 1　2 知　直 3　4 紙　志
ch	cha 1　2 插　茶 3　4 蹅　詫	—	che 1　2 車　— 3　4 扯　徹	—	chu 1　2 初　除 3　4 楚　處	—	—	chi 1　2 吃　池 3　4 齒　翅
sh	sha 1　2 沙　啥 3　4 傻　煞	—	she 1　2 奢　蛇 3　4 舍　社	—	shu 1　2 書　秫 3　4 黍　樹	—	—	shi 1　2 詩　時 3　4 史　世
r	—	—	re 1　2 —　— 3　4 惹　熱	—	ru 1　2 —　如 3　4 汝　入	—	—	ri 1　2 —　— 3　4 —　日

(MP3) 四、拼讀練習

1. **zh-a-zha**　　扎實 zhāshí　　榨取 zhàqǔ
   zh-e-zhe　　折實 zhéshí　　這裏 zhèlǐ

zh-u-zhu	註釋 zhùshì	祝賀 zhùhè
zh-i-zhi	值日 zhírì	志氣 zhìqì
2. **ch-a-cha**	茶樹 cháshù	插圖 chātú
ch-e-che	車主 chēzhǔ	徹底 chèdǐ
ch-u-chu	出車 chūchē	初步 chūbù
ch-i-chi	吃食 chīshí	遲疑 chíyí
3. **sh-a-sha**	剎車 shāchē	沙漠 shāmò
sh-e-she	奢侈 shēchǐ	社區 shèqū
sh-u-shu	書市 shūshì	梳洗 shūxǐ
sh-i-shi	失事 shīshì	史詩 shǐshī
4. **r-e-re**	惹事 rěshì	熱度 rèdù
r-u-ru	乳汁 rǔzhī	如何 rúhé
r-i-ri	日記 rìjì	日曆 rìlì

五、難點說明

1. zh、ch、sh 和 j、q、x 不應混淆

廣東話沒有 zh、ch、sh，常把這三個聲母的字讀成 j、q、x。

例如 ⋯➔
知道 zhīdào	難道 *jīdào
吃飯 chīfàn	七飯 *qīfàn
詩人 shīrén	惜人 *xīrén

2. r 和 i、l 不應混淆

廣東話沒有 r 這個音，容易與 i 或與 l 混淆起來。

例如 ⋯➔
不熱 búrè	不樂 *búlè
日本 Rìběn	一本 *yìběn
惹事 rěshì	也是 *yěshì

知音 zhīyīn ～ 記音 jìyīn

脂肪 zhīfáng ～ 寄放 jìfàng

吃力 chīlì ～ 氣力 qìlì

遲到 chídào ～ 祈禱 qídǎo

試點 shìdiǎn ～ 西點 xīdiǎn

師傅 shīfu ～ 西服 xīfú

熱淚 rèlèi ～ 樂淚 lèlèi

日夜 rìyè ～ 一夜 yíyè

第8講 聲母(6)

z、c、s

一、發音技巧

z　如廣東話"揸 dza¹"的聲母。

c　如廣東話"差 tsa¹"的聲母。

s　如廣東話"沙 sa¹"的聲母。

> 像個2字 z、z、z；左半圓圈 c、c、c；
>
> 半個8字 s、s、s。

二、發音練習

聆聽錄音後朗讀下列詞語：

z	資 zī	字數 zìshù	自私 zìsī
c	雌 cí	辭職 cízhí	詞組 cízǔ
s	思 sī	司機 sījī	四書 sìshū

三、音節組合

z、c、s 與所學單韻母相拼，可得如下音節：

韻母 聲母	a	o	e	i	u	ü	-i	-i
z	za 1 2 匝 雜 3 4 —	—	ze 1 2 — 則 3 4 — 仄	—	zu 1 2 租 族 3 4 祖 —	—	zi 1 2 資 — 3 4 紫 字	—
c	ca 1 2 擦 — 3 4 —	—	ce 1 2 — 3 4 — 策	—	cu 1 2 粗 徂 3 4 — 醋	—	ci 1 2 疵 瓷 3 4 此 刺	—
s	sa 1 2 撒 3 4 灑 薩	—	se 1 2 — 3 4 — 色	—	su 1 2 蘇 俗 3 4 — 素	—	si 1 2 絲 — 3 4 死 四	—

(MP3) 四、拼讀練習

1. **z-a-za**　　雜誌 zázhì　　複雜 fùzá

   z-e-ze　　責罵 zémà　　負責 fùzé

   z-u-zu　　阻塞 zǔsè　　組歌 zǔgē

   z-i-zi　　自己 zìjǐ　　字句 zìjù

2. **c-a-ca**　　擦洗 cāxǐ　　摩擦 mócā

   c-e-ce　　測字 cèzì　　側目 cèmù

   c-u-cu　　粗俗 cūsú　　促使 cùshǐ

c-i-ci	刺激 cìjī	瓷器 cíqì
3. **s-a-sa**	撒潑 sāpō	撒米 sǎmǐ
s-e-se	色素 sèsù	塞責 sèzé
s-u-su	素食 sùshí	速度 sùdù
s-i-si	私自 sīzì	司機 sījī

五、難點説明

1. z、c、s 和 zh、ch、sh 不應混淆

廣東話裏沒有 zh、ch、sh，廣東人常把 zh、ch、sh 誤讀成 z、c、s。

例如 ⋯⋯→　知道 zhīdào　　滋道 *zīdào
　　　　　　　吃飯 chīfàn　　粢飯 *cīfàn
　　　　　　　詩人 shīrén　　私人 *sīrén

2. 辨別平翹舌字的方法

一般把 zh、ch、sh 叫做翹舌音，把 z、c、s 叫做平舌音。平翹舌音不容易區分，下面有兩個辦法可幫助記憶。

（1）口訣記憶

口訣中的字為平舌字的代表字。

（一）曹操次子在側坐，催促早餐送村左。
　　　曾贊蔡森速似梭，罪責鄹隨怎走錯？
　　　三蘇宋詞遂咱誦，殘散參差存四冊。
　　　嘴才訴辭再思索，此茲祖宗全平舌。

（二）松塞寺，最雜髒，姊嫂灑掃栽蠶桑。
　　　粟穗葱蒜雖簇湊，脆筍刺叢穑色蒼。
　　　灶造素菜慚瑣碎，砸宿尊自總韜藏。
　　　斯私死寺遭賊宰，歲擇俗塑舌平放。

（2）聲旁類推

以下列字為聲旁的形聲字，一般為平舌字。"則、次、子、曹、曾、宗、卒、叟、茲、且、桌"（"鍘、瘦"除外）。

以下列字為聲旁的形聲字，一般為翹舌字。"朱、主、者、召、占、貞、正、中、又、昌、式、冊、申"（"鑽、冊"除外）。

(MP3) 六、難點練習

知己 zhījǐ ～ 自己 zìjǐ

治學 zhìxué ～ 自學 zìxué

吃力 chīlì ～ 磁力 cílì

持平 chípíng ～ 瓷瓶 cípíng

事情 shìqing ～ 私情 sīqíng

詩歌 shīgē ～ 四哥 sìgē

第9講 複韻母 (1)

ai、ei、ao、ou

(MP3) 一、發音技巧

ai 如廣東話 "乖 gwai¹" 的韻母。

ei 如廣東話 "飛 fei¹" 的韻母。

ao 如廣東話 "包 bau¹" 的韻母。

ou 如廣東話 "都 dou¹" 的韻母。

> 挨着走呀 ai、ai、ai；齊用力呀 ei、ei、ei；
>
> 穿棉襖呀 ao、ao、ao；來吃藕呀 ou、ou、ou。

(MP3) 二、發音練習

聆聽錄音後朗讀下列詞語：

ai	哀 āi	綵排 cǎipái	海外 hǎiwài
ei	欸 ēi	北美 Běiměi	配備 pèibèi
ao	熬 áo	跑道 pǎodào	早操 zǎocāo
ou	歐 ōu	收購 shōugòu	手頭 shǒutóu

三、音節組合

ai、ei、ao、ou 與所學單韻母相拼，可得如下音節：

聲母 \ 韻母	ai	ei	ao	ou
b	bai 1　2 掰　白 3　4 百　拜	bei 1　2 杯　— 3　4 北　貝	bao 1　2 包　雹 3　4 保　報	—
p	pai 1　2 拍　牌 3　4 —　派	pei 1　2 胚　賠 3　4 —　配	pao 1　2 拋　袍 3　4 跑　炮	pou 1　2 剖　抔 3　4 —　—
m	mai 1　2 —　埋 3　4 買　賣	mei 1　2 —　眉 3　4 美　妹	mao 1　2 貓　毛 3　4 卯　帽	mou 1　2 哞　謀 3　4 某　—
f	—	fei 1　2 非　肥 3　4 匪　肺	—	fou 1　2 —　浮 3　4 否　—
d	dai 1　2 呆　— 3　4 歹　代	dei 1　2 —　— 3　4 得　—	dao 1　2 刀　捯 3　4 島　到	dou 1　2 兜　— 3　4 斗　豆
t	tai 1　2 胎　台 3　4 —　太	—	tao 1　2 滔　逃 3　4 討　套	tou 1　2 偷　頭 3　4 —　透

韻母〢聲母	ai	ei	ao	ou
n	nai 1 — 2 — 3 乃 4 耐	nei 1 — 2 — 3 餒 4 內	nao 1 — 2 撓 3 腦 4 鬧	nou 1 — 2 — 3 — 4 耨
l	lai 1 — 2 來 3 — 4 賴	lei 1 勒 2 雷 3 儡 4 類	lao 1 撈 2 勞 3 老 4 澇	lou 1 摟 2 樓 3 簍 4 漏
g	gai 1 該 2 — 3 改 4 蓋	gei 1 — 2 — 3 給 4 —	gao 1 高 2 — 3 稿 4 告	gou 1 鈎 2 — 3 狗 4 夠
k	kai 1 開 2 — 3 凱 4 愾		kao 1 — 2 — 3 考 4 靠	kou 1 摳 2 — 3 口 4 叩
h	hai 1 咳 2 孩 3 海 4 害	hei 1 黑 2 — 3 — 4 —	hao 1 蒿 2 豪 3 好 4 號	hou 1 齁 2 侯 3 吼 4 後
zh	zhai 1 齋 2 宅 3 窄 4 債	zhei 1 — 2 — 3 — 4 這	zhao 1 招 2 着 3 找 4 罩	zhou 1 周 2 軸 3 肘 4 皺
ch	chai 1 拆 2 柴 3 踹 4 蘺		chao 1 抄 2 巢 3 炒 4 —	chou 1 抽 2 綢 3 醜 4 臭

韻母 \ 聲母	ai	ei	ao	ou
sh	shai 1 2 篩 — 3 4 色 曬	shei 1 2 — 誰 3 4 — —	shao 1 2 梢 韶 3 4 少 紹	shou 1 2 收 — 3 4 手 瘦
r	—	—	rao 1 2 — 饒 3 4 擾 繞	rou 1 2 — 柔 3 4 — 肉
z	zai 1 2 災 — 3 4 宰 再	zei 1 2 — 賊 3 4 — —	zao 1 2 糟 鑿 3 4 早 造	zou 1 2 鄒 — 3 4 走 奏
c	cai 1 2 猜 才 3 4 采 菜	—	cao 1 2 操 曹 3 4 草 糙	cou 1 2 — — 3 4 — 湊
s	sai 1 2 鰓 — 3 4 — 賽	—	sao 1 2 騷 — 3 4 掃 臊	sou 1 2 搜 — 3 4 叟 嗽
零	ai 1 2 哀 皚 3 4 矮 愛	ei 1 2 — — 3 4 — 欸	ao 1 2 凹 敖 3 4 襖 傲	ou 1 2 歐 — 3 4 藕 嘔

注意

"這" zhèi 是 "這" zhè 的口語音，誰 shéi 是 "誰" shuí 的口語音。

四、拼讀練習

1. **b-ai-bai** 　白菜　 báicài

   p-ai-pai 　排外　 páiwài

   m-ai-mai 　買賣　 mǎimai

   d-ai-dai 　代號　 dàihào

   t-ai-tai 　太太　 tàitai

   n-ai-nai 　奶奶　 nǎinai

   l-ai-lai 　來稿　 láigǎo

   g-ai-gai 　改口　 gǎikǒu

   k-ai-kai 　開採　 kāicǎi

   h-ai-hai 　海帶　 hǎidài

   zh-ai-zhai 　債台　 zhàitái

   ch-ai-chai 　拆台　 chāitái

   sh-ai-shai 　曬台　 shàitái

   z-ai-zai 　災害　 zāihài

   c-ai-cai 　彩帶　 cǎidài

   s-ai-sai 　塞外　 sàiwài

2. **b-ei-bei** 　北非　 Běifēi

   p-ei-pei 　配備　 pèibèi

   m-ei-mei 　妹妹　 mèimei

   f-ei-fei 　飛賊　 fēizéi

   d-ei-dei 　得去　 děiqù

   n-ei-nei 　內外　 nèiwài

   l-ei-lei 　雷暴　 léibào

   g-ei-gei 　給以　 gěiyǐ

   h-ei-hei 　黑白　 hēibái

   zh-ei-zhei 　這個　 zhèige

   sh-ei-shei 　誰來　 shéilái

   z-ei-zei 　賊窩　 zéiwō

3.	b-ao-bao	寶刀	bǎodāo
	p-ao-pao	拋錨	pāomáo
	m-ao-mao	毛糙	máocao
	d-ao-dao	稻草	dàocǎo
	t-ao-tao	討好	tǎohǎo
	n-ao-nao	腦袋	nǎodai
	l-ao-lao	勞保	láobǎo
	g-ao-gao	高超	gāochāo
	k-ao-kao	拷貝	kǎobèi
	h-ao-hao	號召	hàozhào
	zh-ao-zhao	招考	zhāokǎo
	ch-ao-chao	吵鬧	chǎonào
	sh-ao-shao	燒烤	shāokǎo
	r-ao-rao	繞道	ràodào
	z-ao-zao	糟糕	zāogāo
	c-ao-cao	草包	cǎobāo
	s-ao-sao	掃帚	sàozhou
4.	p-ou-pou	剖析	pōuxī
	m-ou-mou	謀害	móuhài
	f-ou-fou	否則	fǒuzé
	d-ou-dou	逗號	dòuhào
	t-ou-tou	頭腦	tóunǎo
	n-ou-nou	耨地	nòudì
	l-ou-lou	漏斗	lòudǒu
	g-ou-gou	購買	gòumǎi
	k-ou-kou	口臭	kǒuchòu
	h-ou-hou	後頭	hòutou
	zh-ou-zhou	周遊	zhōuyóu
	ch-ou-chou	抽頭	chōutóu

sh-ou-shou	收購	shōugòu
r-ou-rou	柔道	róudào
z-ou-zou	走狗	zǒugǒu
c-ou-cou	湊合	còuhe
s-ou-sou	搜查	sōuchá

五、難點説明

避免誤讀 ɑi

廣東人發 [ɑ] 時嘴張得太大，音拉得太長，而發 [i] 時舌位又太高，常常讀成 [ɑ:i:]。

(MP3) 六、難點練習

白頭偕老	báitóu–xiélǎo
泰山北斗	tàishān–běidǒu
暴風驟雨	bàofēng–zhòuyǔ
才德兼備	cáidé–jiānbèi
海底撈月	hǎidǐ–lāoyuè
飛沙走石	fēishā–zǒushí

複韻母 (2)

ia、ie、iao、iou

(MP3) 一、發音技巧

發音時，按 i~a、i~e、i~ao、i~ou 連讀。

> 爺爺上街 yéye shàng jiē，買本字帖 mǎi běn zìtiě。
>
> 叫我寫字 jiào wǒ xiě zì，好好練習 hǎo hǎo liànxí。

(MP3) 二、發音練習

聆聽錄音後朗讀下列詞語：

ia	鴨 yā	假牙 jiǎyá	下雨 xiàyǔ
ie	耶 yē	結業 jiéyè	謝謝 xièxie
iao	腰 yāo	巧妙 qiǎomiào	逍遙 xiāoyáo
iou	憂 yōu	優秀 yōuxiù	牛油 niúyóu

三、音節組合

ia、ie、iao、iou 與所學聲母相拼，可構成如下音節：

韻母 聲母	ia	ie	iao	iou
b	—	bie 1　2 鱉　別 3　4 癟　憋	biao 1　2 標　— 3　4 表　鰾	—
p	—	pie 1　2 撇　— 3　4 撇　—	piao 1　2 飄　瓢 3　4 漂　票	—
m	—	mie 1　2 —　— 3　4 —　滅	miao 1　2 喵　苗 3　4 秒　妙	miu 1　2 —　— 3　4 —　謬
d	—	die 1　2 爹　疊 3　4 —　—	diao 1　2 雕　— 3　4 屌　吊	diu 1　2 丟　— 3　4 —　—
t	—	tie 1　2 貼　— 3　4 鐵　帖	tiao 1　2 挑　條 3　4 窕　跳	—
n	—	nie 1　2 捏　— 3　4 —　孽	niao 1　2 —　— 3　4 鳥　尿	niu 1　2 妞　牛 3　4 紐　拗

聲母＼韻母	ia	ie	iao	iou
l	lia 1 2 — — 3 4 倆 —	lie 1 2 — — 3 4 咧 列	liao 1 2 撩 聊 3 4 了 料	liu 1 2 溜 流 3 4 柳 六
j	jia 1 2 加 莢 3 4 假 架	jie 1 2 街 潔 3 4 姐 借	jiao 1 2 焦 嚼 3 4 絞 叫	jiu 1 2 揪 — 3 4 酒 就
q	qia 1 2 掐 — 3 4 卡 恰	qie 1 2 切 茄 3 4 且 怯	qiao 1 2 鍬 橋 3 4 巧 俏	qiu 1 2 丘 求 3 4 — —
x	xia 1 2 蝦 匣 3 4 — 下	xie 1 2 歇 鞋 3 4 寫 謝	xiao 1 2 消 淆 3 4 小 笑	xiu 1 2 休 — 3 4 朽 秀
零	ya 1 2 鴉 牙 3 4 雅 訝	ye 1 2 噎 爺 3 4 野 葉	yao 1 2 妖 搖 3 4 咬 要	you 1 2 憂 油 3 4 有 又

(MP3) 四、拼讀練習

1. **l-ia-lia**　　　倆錢　　　liǎqián

   j-ia-jia　　　加油　　　jiāyóu

   q-ia-qia　　　恰恰　　　qiàqià

   x-ia-xia　　　下家　　　xiàjiā

2. **b-ie-bie** 瞥扭 bièniu

   p-ie-pie 撇開 piēkāi

   m-ie-mie 滅口 mièkǒu

   d-ie-die 跌價 diējià

   t-ie-tie 貼切 tiēqiè

   n-ie-nie 捏造 niēzào

   l-ie-lie 裂口 lièkǒu

   j-ie-jie 接洽 jiēqià

   q-ie-qie 切削 qiēxiāo

   x-ie-xie 協調 xiétiáo

3. **b-iao-biao** 標價 biāojià

   p-iao-piao 漂流 piāoliú

   m-iao-miao 苗條 miáotiao

   d-iao-diao 吊橋 diàoqiáo

   t-iao-tiao 調教 tiáojiào

   n-iao-niao 尿布 niàobù

   l-iao-liao 了解 liǎojiě

   j-iao-jiao 教條 jiàotiáo

   q-iao-qiao 悄悄 qiāoqiāo

   x-iao-xiao 小鳥 xiǎoniǎo

4. **d-iou-diu** 丟掉 diūdiào

   n-iou-niu 牛油 niúyóu

   l-iou-liu 柳條 liǔtiáo

   j-iou-jiu 久留 jiǔliú

   q-iou-qiu 求救 qiújiù

   x-iou-xiu 繡球 xiùqiú

五、難點説明

不要省略音節裏的 -i-

普通話的複元音韻母有許多是有韻頭i的，而廣東話卻沒有。

例如 →

	廣東話	普通話
流	lɐu⁴	liú
寫	sɛ²	xiě
家	ga¹	jiā
修	sɐu¹	xiū

六、難點練習

流放 liúfàng　～　樓房 lóufáng

修墓 xiūmù　～　掃墓 sǎomù

家裏 jiāli　～　咖喱 gālí

姿色 zīsè　～　致謝 zhìxiè

小康之家 xiǎokāng-zhījiā

別有天地 biéyǒu-tiāndì

第11講 複韻母 (3)

ua、uo、uai、uei、üe

(MP3) 一、發音技巧

前輕後響，前弱後強。uai 和 uei 按 u~ai、u~ei 拼起來讀。

> u 字像隻小茶杯，客人來了倒茶水。

(MP3) 二、發音練習

聆聽錄音後朗讀下列詞語：

ua	蛙 wā	花襪 huāwà	話題 huàtí
uo	臥 wò	過錯 guòcuò	碩果 shuòguǒ
uai	歪 wāi	摔壞 shuāihuài	乖乖 guāiguāi
uei	為 wèi	水位 shuǐwèi	追隨 zhuīsuí
üe	月 yuè	絕學 juéxué	雀躍 quèyuè

三、音節組合

ua、uo、uai、uei、üe 與所學聲母相拼，可得如下音節：

聲母 \ 韻母	ua	uo	uai	uei	üe
d	—	duo 1 多　2 奪 3 朵　4 惰	—	dui 1 堆　2 — 3 —　4 對	—
t	—	tuo 1 拖　2 駝 3 妥　4 拓	—	tui 1 推　2 頹 3 腿　4 退	—
n	—	nuo 1 —　2 挪 3 —　4 糯	—	—	nüe 1 —　2 — 3 —　4 虐
l	—	luo 1 囉　2 羅 3 裸　4 洛	—	—	lüe 1 —　2 — 3 —　4 略
g	gua 1 瓜　2 — 3 寡　4 掛	guo 1 鍋　2 國 3 果　4 過	guai 1 乖　2 — 3 拐　4 怪	gui 1 規　2 — 3 鬼　4 貴	—
k	kua 1 誇　2 — 3 垮　4 跨	kuo 1 —　2 — 3 —　4 闊	kuai 1 —　2 — 3 —　4 快	kui 1 虧　2 葵 3 傀　4 愧	—

韻母／聲母	ua	uo	uai	uei	üe
h	hua 1 花　2 華 3 —　4 化	huo 1 窩　2 活 3 火　4 貨	huai 1 —　2 懷 3 —　4 壞	hui 1 灰　2 回 3 毀　4 惠	—
j	—	—	—	—	jue 1 撅　2 決 3 —　4 倔
q	—	—	—	—	que 1 缺　2 瘸 3 —　4 確
x	—	—	—	—	xue 1 靴　2 學 3 雪　4 血
zh	zhua 1 抓　2 — 3 爪　4 —	zhuo 1 桌　2 濁 3 —　4 —	zhuai 1 拽　2 — 3 跩　4 拽	zhui 1 追　2 — 3 —　4 墜	—
ch	chua 1 歘　2 — 3 —　4 —	chuo 1 戳　2 — 3 —　4 綽	chuai 1 揣　2 — 3 揣　4 踹	chui 1 吹　2 垂 3 —　4 —	—

注意

拽 zhuāi：指扔或拋。　　　揣 chuāi：指藏在衣服裏。

　　zhuài：指拉住。　　　　　chuǎi：指推測。

韻母 聲母	ua	uo	uai	uei	üe
sh	shua 1　2 刷　— 3　4 耍　—	shuo 1　2 説　— 3　4 —　碩	shuai 1　2 衰　— 3　4 甩　帥	shui 1　2 —　誰 3　4 水　税	—
r	—	ruo 1　2 —　— 3　4 —　弱	—	rui 1　2 —　蕤 3　4 蕊　銳	—
z	—	zuo 1　2 嗯　昨 3　4 左　坐	—	zui 1　2 —　— 3　4 嘴　最	—
c	—	cuo 1　2 搓　痤 3　4 —　錯	—	cui 1　2 崔　— 3　4 —　脆	—
s	—	suo 1　2 梭　— 3　4 鎖　—	—	sui 1　2 雖　隨 3　4 髓　歲	—
零	wa 1　2 蛙　娃 3　4 瓦　襪	wo 1　2 窩　— 3　4 我　臥	wai 1　2 歪　— 3　4 —　外	wei 1　2 威　圍 3　4 委　胃	yue 1　2 約　— 3　4 —　月

四、拼讀練習

1. **g-ua-gua** 瓜果 guāguǒ
   k-ua-kua 跨越 kuāyuè
   h-ua-hua 花朵 huāduǒ
   zh-ua-zhua 抓獲 zhuāhuò
   sh-ua-shua 刷鍋 shuāguō

2. **d-do-duo** 多虧 duōkuī
   t-uo-tuo 脫落 tuōluò
   n-uo-nuo 糯米 nuòmǐ
   l-uo-luo 囉唆 luōsuo
   g-uo-guo 國畫 guóhuà
   k-uo-kuo 擴大 kuòdà
   h-uo-huo 活捉 huózhuō
   zh-uo-zhuo 捉鬼 zhuōguǐ
   ch-uo-chuo 輟學 chuòxué
   sh-uo-shuo 說話 shuōhuà
   r-uo-ruo 弱小 ruòxiǎo
   z-uo-zuo 座位 zuòwèi
   c-uo-cuo 錯怪 cuòguài
   s-uo-suo 縮水 suōshuǐ

3. **n-üe-nüe** 虐待 nüèdài
   l-üe-lüe 掠奪 lüèduó
   j-üe-jue 絕對 juéduì
   q-üe-que 缺口 quēkǒu
   x-üe-xue 雪花 xuěhuā

4. **g-uai-guai** 怪話 guàihuà
   k-uai-kuai 快活 kuàihuo
   h-uai-huai 壞話 huàihuà

zh-uai-zhuai	拽住	zhuàizhu
ch-uai-chuai	揣測	chuǎicè
sh-uai-shuai	衰落	shuāiluò

5. | d-uei-dui | 對話 | duìhuà |
t-uei-tui	推託	tuītuō
g-uei-gui	歸隊	guīduì
k-uei-kui	葵花	kuíhuā
h-uei-hui	揮霍	huīhuò
zh-uei-zhui	墜毀	zhuìhuǐ
ch-uei-chui	吹噓	chuīxū
sh-uei-shui	水果	shuǐguǒ
r-uei-rui	銳利	ruìlì
z-uei-zui	罪過	zuìguo
c-uei-cui	脆弱	cuìruò
s-uei-sui	隨時	suíshí

五、難點說明

避免忽略 uo 裏的 u

廣東人容易忽略 uo 韻中的介音 [u]，發成單元音 [o]。

例如 ⋯➤

	廣東話	普通話
多	$dɔ^1$	duō
活	wut^9	huó
做	$dzou^6$	zuò
錯	$tsɔ^3$	cuò
說	syt^8	shuō

(MP3) 六、難點練習

說說就錯，Shuōshuojiùcuò，

做做就多。Zuòzuojiùduō。

一錯就火，Yícuòjiùhuǒ，

一多就活。Yìduōjiùhuó。

第12講 鼻韻母 (1)

an、en、ang、eng、ong

一、發音技巧

　　an、en 是先發 a、e，緊接着發鼻音 n。ang、eng、ong 都是先發前面的 a、e、o，後發鼻音 ng。

> 天藍藍tiān lán lán，海寬寬hǎi kuān kuān，
>
> 划船划到金沙灘 huá chuán huá dào jīn shātān。

二、發音練習

聆聽錄音後朗讀下列詞語：

an	安 ān	燦爛 cànlàn	反感 fǎngǎn
en	恩 ēn	本分 běnfèn	人們 rénmen
ang	昂 áng	行當 hángdàng	常常 chángcháng
eng	崩 bēng	更正 gēngzhèng	冷風 lěngfēng
ong	動 dòng	空洞 kōngdòng	總統 zǒngtǒng

三、音節組合

an、en、ang、eng、ong 與所學聲母相拼，可得如下音節：

韻母　聲母	an	en	ang	eng	ong
b	ban 1　2 般　— 3　4 板　半	ben 1　2 奔　— 3　4 本　笨	bang 1　2 邦　— 3　4 榜　棒	beng 1　2 崩　甭 3　4 繃　迸	—
p	pan 1　2 潘　盤 3　4 —　判	pen 1　2 噴　盆 3　4 —　噴	pang 1　2 乓　旁 3　4 榜　胖	peng 1　2 烹　朋 3　4 捧　碰	—
m	man 1　2 顢　蠻 3　4 滿　慢	men 1　2 悶　門 3　4 —　悶	mang 1　2 —　忙 3　4 莽　—	meng 1　2 曚　蒙 3　4 猛　夢	—
f	fan 1　2 番　凡 3　4 反　飯	fen 1　2 分　墳 3　4 粉　奮	fang 1　2 方　房 3　4 仿　放	feng 1　2 風　逢 3　4 諷　奉	—
d	dan 1　2 單　— 3　4 膽　旦	den 1　2 — 3　4 —　扽	dang 1　2 當　— 3　4 黨　蕩	deng 1　2 登　— 3　4 等　凳	dong 1　2 東　— 3　4 董　凍

> **注意**
>
> 悶 mēn：指空氣不流通而引起不舒暢的感覺。
> 　　mèn：指心情不舒暢。

聲母 \ 韻母	an	en	ang	eng	ong
t	tan 1 2 灘 談 3 4 坦 嘆	—	tang 1 2 湯 唐 3 4 倘 燙	teng 1 2 — 騰 3 4 —	tong 1 2 通 同 3 4 統 痛
n	nan 1 2 囡 難 3 4 赧 難	nen 1 2 — 3 4 — 嫩	nang 1 2 — 囊 3 4 曩 齉	neng 1 2 — 能 3 4 —	nong 1 2 — 農 3 4 — 弄
l	lan 1 2 — 蘭 3 4 懶 爛	—	lang 1 2 — 郎 3 4 朗 浪	leng 1 2 — 棱 3 4 冷 楞	long 1 2 — 龍 3 4 壟 弄
g	gan 1 2 甘 — 3 4 敢 幹	gen 1 2 根 哏 3 4 艮 亙	gang 1 2 剛 — 3 4 崗 槓	geng 1 2 庚 — 3 4 梗 更	gong 1 2 工 — 3 4 鞏 貢
k	kan 1 2 刊 — 3 4 砍 看	ken 1 2 — 3 4 肯 裉	kang 1 2 康 扛 3 4 — 抗	keng 1 2 坑 — 3 4 —	kong 1 2 空 — 3 4 孔 控
h	han 1 2 鼾 寒 3 4 喊 汗	hen 1 2 — 痕 3 4 很 恨	hang 1 2 夯 航 3 4 — 巷	heng 1 2 亨 橫 3 4 — 橫	hong 1 2 烘 紅 3 4 哄 訌
zh	zhan 1 2 甄 — 3 4 展 戰	zhen 1 2 針 — 3 4 枕 鎮	zhang 1 2 張 — 3 4 掌 丈	zheng 1 2 爭 — 3 4 整 正	zhong 1 2 中 — 3 4 腫 仲

韻母 聲母	an	en	ang	eng	ong
ch	chan 1　2 攙　蟬 3　4 產　顫	chen 1　2 嗔　陳 3　4 磣　襯	chang 1　2 昌　長 3　4 廠　唱	cheng 1　2 稱　成 3　4 逞　秤	chong 1　2 充　崇 3　4 寵　衝
sh	shan 1　2 山　— 3　4 閃　扇	shen 1　2 深　神 3　4 審　慎	shang 1　2 商　— 3　4 賞　上	sheng 1　2 生　繩 3　4 省　勝	——
r	ran 1　2 —　然 3　4 染　—	ren 1　2 —　人 3　4 忍　認	rang 1　2 嚷　瓤 3　4 壤　讓	reng 1　2 扔　仍 3　4 —　—	rong 1　2 —　榮 3　4 冗　—
z	zan 1　2 簪　咱 3　4 攢　贊		zang 1　2 髒　— 3　4 —　葬	zeng 1　2 增　— 3　4 —　贈	zong 1　2 宗　— 3　4 總　縱
c	can 1　2 參　殘 3　4 慘　燦	cen 1　2 參　岑 3　4 —　—	cang 1　2 倉　藏 3　4 —　—	ceng 1　2 —　層 3　4 —　蹭	cong 1　2 聰　從 3　4 —　—
s	san 1　2 三　— 3　4 傘　散	sen 1　2 森　— 3　4 —　—	sang 1　2 桑　— 3　4 嗓　喪	seng 1　2 僧　— 3　4 —　—	song 1　2 松　— 3　4 聳　送
零	an 1　2 安　— 3　4 俺　岸	en 1　2 恩　— 3　4 —　摁	ang 1　2 骯　昂 3　4 —　盎	——	——

注意

eng 和 ong 沒有零聲母音節。

(MP3) 四、拼讀練習

1.	**b-an-ban**	辦公	bàngōng
	p-an-pan	盤纏	pánchan
	m-an-man	蠻幹	mángàn
	f-an-fan	翻版	fānbǎn
	d-an-dan	單產	dānchǎn
	t-an-tan	談判	tánpàn
	n-an-nan	難產	nánchǎn
	l-an-lan	欄杆	lángān
	g-an-gan	乾旱	gānhàn
	k-an-kan	勘探	kāntàn
	h-an-han	汗衫	hànshān
	zh-an-zhan	展覽	zhǎnlǎn
	ch-an-chan	產生	chǎnshēng
	sh-an-shan	閃閃	shǎnshǎn
	r-an-ran	燃放	ránfàng
	z-an-zan	讚歎	zàntàn
	c-an-can	參戰	cānzhàn
	s-an-san	散漫	sǎnmàn
2.	**b-en-ben**	本人	běnrén
	p-en-pen	噴飯	pēnfàn
	m-en-men	門神	ménshén
	f-en-fen	憤恨	fènhèn
	n-en-nen	嫩紅	nènhóng
	g-en-gen	根本	gēnběn

k-en-ken	懇談	kěntán
h-en-hen	很恨	hěnhèn
zh-en-zhen	偵探	zhēntàn
ch-en-chen	沉痛	chéntòng
sh-en-shen	身份	shēnfen
r-en-ren	認真	rènzhēn
z-en-zen	怎麼	zěnme
c-en-cen	參差	cēncī
s-en-sen	森森	sēnsēn

3.

b-ang-bang	幫忙	bāngmáng
p-ang-pang	旁證	pángzhèng
m-ang-mang	盲腸	mángcháng
f-ang-fang	放蕩	fàngdàng
d-ang-dang	當場	dāngchǎng
t-ang-tang	堂房	tángfáng
n-ang-nang	囊括	nángkuò
l-ang-lang	浪蕩	làngdàng
g-ang-gang	剛剛	gānggāng
k-ang-kang	抗洪	kànghóng
h-ang-hang	行當	hángdang
zh-ang-zhang	賬房	zhàngfáng
ch-ang-chang	廠商	chǎngshāng
sh-ang-shang	商場	shāngchǎng
r-ang-rang	讓步	ràngbù
z-ang-zang	藏族	zàngzú
c-ang-cang	蒼茫	cāngmáng
s-ang-sang	喪葬	sāngzàng

4.

b-eng-beng	崩潰	bēngkuì
p-eng-peng	膨脹	péngzhàng

m-eng-meng	矇矓	ménglóng
f-eng-feng	豐盛	fēngshèng
d-eng-deng	燈籠	dēnglong
t-eng-teng	疼痛	téngtòng
n-eng-neng	能幹	nénggàn
l-eng-leng	冷風	lěngfēng
g-eng-geng	更動	gēngdòng
k-eng-keng	吭聲	kēngshēng
h-eng-heng	橫生	héngshēng
zh-eng-zheng	正統	zhèngtǒng
ch-eng-cheng	成功	chénggōng
sh-eng-sheng	聲稱	shēngchēng
r-eng-reng	仍然	réngrán
z-eng-zeng	增產	zēngchǎn
c-eng-ceng	層次	céngcì
s-eng-seng	僧侶	sēnglǚ

5.
d-ong-dong	動盪	dòngdàng
t-ong-tong	通共	tōnggòng
n-ong-nong	濃重	nóngzhòng
l-ong-long	隆重	lóngzhòng
g-ong-gong	工農	gōngnóng
k-ong-kong	空洞	kōngdòng
h-ong-hong	轟動	hōngdòng
zh-ong-zhong	中等	zhōngděng
ch-ong-chong	重唱	chóngchàng
r-ong-rong	溶洞	róngdòng
z-ong-zong	總共	zǒnggòng
c-ong-cong	從容	cóngróng
s-ong-song	送終	sòngzhōng

五、難點說明

1. 廣東話 -m 尾與普通話 -n 尾的分別。

廣東話很多以 -m 收尾的韻母，普通話都收 -n 尾。

例如 ⋯→

	廣東話	普通話
三	sam^1	sān
深	sɐm^1	shēn
閃	sim^2	shǎn
男	nam^4	nán

2. 廣東話 en 和 eng 容易混淆，尤其是 eng 發不好。

例如 ⋯→

	廣東話	普通話
分	fɐn^1	fēn
風	fuŋ^1	fēng
根	gɐn^1	gēn
耕	gaŋ^1	gēng

3. 廣東話前、後鼻韻母互混，主要是後鼻韻母誤讀成前鼻韻母，其中以 ang、eng 誤讀成 an、en 的情況為多，比如 "上 ang" 讀如 "善 an"、"良 iang" 讀如 "連 ian"、"朋 eng" 讀如 "盆 en"。

(MP3) 六、難點練習

三國 sānguó ～ 閃過 shǎnguò

男人 nánrén ～ 懶人 lǎnrén

深溝 shēngōu ～ 山溝 shāngōu

陳述 chénshù ～ 闡述 chǎnshù

分流 fēnliú ～ 風流 fēngliú

根底 gēndǐ ～ 耕地 gēngdì

第**13**講
鼻韻母 (2)

ian、in、iang、ing、iong

🎧 一、發音技巧

ian、iang 和 iong 按 i~an、i~ang 和 i~ong 連讀。in 和 ing 都是先發 i，再緊接着發鼻音 n 和 ng。

> in、in、in，讀幾聲，琳、敏、拼裏都有 in。

🎧 二、發音練習

聆聽錄音後朗讀下列詞語：

ian	鹽 yán	檢驗 jiǎnyàn	前面 qiánmian
in	因 yīn	親近 qīnjìn	辛勤 xīnqín
iang	央 yāng	亮相 liàngxiàng	向陽 xiàngyáng
ing	英 yīng	聆聽 língtīng	清醒 qīngxǐng
iong	擁 yōng	洶湧 xiōngyǒng	窮人 qióngrén

三、音節組合

ian、in、iang、ing、iong 與所學聲母相拼，可得如下音節：

聲母＼韻母	ian	in	iang	ing	iong
b	bian 1 邊 2 — 3 扁 4 便	bin 1 彬 2 — 3 — 4 殯	—	bing 1 兵 2 — 3 丙 4 病	—
p	pian 1 偏 2 便 3 — 4 騙	pin 1 拼 2 貧 3 品 4 聘	—	ping 1 乒 2 平 3 — 4	—
m	mian 1 — 2 眠 3 免 4 面	min 1 — 2 民 3 敏 4 —	—	ming 1 — 2 明 3 酩 4 命	—
d	dian 1 顛 2 — 3 典 4 電	—	—	ding 1 丁 2 — 3 頂 4 定	—
t	tian 1 天 2 田 3 舔 4 掭	—	—	ting 1 聽 2 亭 3 挺 4 梃	—
n	nian 1 拈 2 年 3 撚 4 念	nin 1 — 2 您 3 4 —	niang 1 — 2 娘 3 — 4 釀	ning 1 — 2 寧 3 擰 4 佞	—

韻母\聲母	ian	in	iang	ing	iong
l	lian 1 2 — 連 3 4 臉 練	lin 1 2 — 林 3 4 廩 吝	liang 1 2 — 良 3 4 兩 亮	ling 1 2 拎 零 3 4 領 令	—
j	jian 1 2 堅 — 3 4 減 見	jin 1 2 金 — 3 4 錦 近	jiang 1 2 江 — 3 4 講 匠	jing 1 2 京 — 3 4 景 鏡	jiong 1 2 — — 3 4 窘 —
q	qian 1 2 牽 前 3 4 淺 欠	qin 1 2 親 秦 3 4 寢 沁	qiang 1 2 腔 牆 3 4 搶 嗆	qing 1 2 青 晴 3 4 請 慶	qiong 1 2 — 窮 3 4 — —
x	xian 1 2 先 賢 3 4 顯 現	xin 1 2 心 — 3 4 — 信	xiang 1 2 香 詳 3 4 想 向	xing 1 2 星 形 3 4 醒 性	xiong 1 2 凶 雄 3 4 — —
零	yan 1 2 煙 言 3 4 演 宴	yin 1 2 因 銀 3 4 引 印	yang 1 2 央 羊 3 4 仰 樣	ying 1 2 英 營 3 4 影 硬	yong 1 2 雍 顒 3 4 永 用

(MP3) 四、拼讀練習

1. **b-in-bin**　　賓客　　bīnkè
　 p-in-pin　　拼音　　pīnyīn
　 m-in-min　　民心　　mínxīn
　 n-in-nin　　您請　　nínqǐng

l-in-lin	林蔭	línyīn
j-in-jin	盡心	jìnxīn
q-in-qin	親信	qīnxìn
x-in-xin	信心	xìnxīn

2.
b-ian-bian	變遷	biànqiān
p-ian-pian	偏見	piānjiàn
m-ian-mian	勉強	miǎnqiǎng
d-ian-dian	典型	diǎnxíng
t-ian-tian	天邊	tiānbiān
n-ian-nian	年限	niánxiàn
l-ian-lian	連綿	liánmián
j-ian-jian	簡便	jiǎnbiàn
q-ian-qian	牽連	qiānlián
x-ian-xian	鮮艷	xiānyàn

3.
b-ing-bing	冰涼	bīngliáng
p-ing-ping	平定	píngdìng
m-ing-ming	明星	míngxīng
d-ing-ding	頂點	dǐngdiǎn
t-ing-ting	挺進	tǐngjìn
n-ing-ning	寧靜	níngjìng
l-ing-ling	聆聽	língtīng
j-ing-jing	精靈	jīnglíng
q-ing-qing	傾聽	qīngtīng
x-ing-xing	姓名	xìngmíng

4.
n-iang-niang	娘家	niángjiā
l-iang-liang	兩樣	liǎngyàng
j-iang-jiang	將近	jiāngjìn
q-iang-qiang-	強健	qiángjiàn
x-iang-xiang	響亮	xiǎngliàng

5. **j-iong-jiong**　　窘境　　jiǒngjìng

　　q-iong-qiong　　窮盡　　qióngjìn

　　x-iong-xiong　　雄心　　xióngxīn

五、難點說明

廣東話 in 和 ing 容易混淆，尤其是 ing 發不好。

例如 ⋯⋯

	廣東話	普通話
民	mɐn⁴	mín
名	miŋ⁴	míng
親	tsɐn¹	qīn
輕	hiŋ¹	qīng

　　ian iang iong 中的 i 介音容易發生錯誤，主要是發音時，i 介母模糊，如 "奸 jian" 容易讀作 jan。程度較嚴重的，就是 i 介母脫落，如 "獎 jiang" 讀作 "掌"。

(MP3) 六、難點練習

　　民歌 míngē　　～　　名歌 mínggē

　　親生 qīnshēng　　～　　輕生 qīngshēng

第14講 鼻韻母 (3)

uan、üan、uen、uang、ueng、ün

(MP3) 一、發音技巧

按 u~an、u~en、ü~an 拼起來讀。ün 先發 ü，緊接着發鼻音 n，如廣東話 "冤 yn" 字的讀音。

> 小 ü 膽小不獨立，加 y 去點還唸 "ü" — yu；
> 小 ü 見了 j、q、x，去掉兩點仍唸 "ü" — ju、qu、xu；
> 寫 "u" 唸 "ü" 不能變。

(MP3) 二、發音練習

聆聽錄音後朗讀下列詞語：

uan	彎 wān	轉換 zhuǎnhuàn	貫穿 guànchuān
üan	冤 yuān	源泉 yuánquán	圓圈 yuánquān
uen	問 wèn	餛飩 húntún	溫順 wēnshùn
uang	汪 wāng	礦牀 kuàngchuáng	狂妄 kuángwàng
ueng	翁 wēng	嗡嗡 wēngwēng	水甕 shuǐwèng
ün	暈 yūn	軍訓 jūnxùn	均勻 jūnyún

三、音節組合

uan、üan、uen、uang、ueng、ün 與所學聲母相拼，可得如下音節：

聲母 ＼ 韻母	uan	üan	uen	uang	ueng	ün
d	duan 1　2 端　— 3　4 短　段	—	dun 1　2 敦　— 3　4 盹　鈍	—	—	—
t	tuan 1　2 湍　團 3　4 疃　彖	—	tun 1　2 吞　屯 3　4 氽　褪	—	—	—
n	nuan 1　2 — 3　4 暖　—	—	—	—	—	—
l	luan 1　2 —　鸞 3　4 卵　亂	—	lun 1　2 掄　輪 3　4 —　論	—	—	—
g	guan 1　2 官　— 3　4 管　灌	—	gun 1　2 — 3　4 滾　棍	guang 1　2 光　— 3　4 廣　逛	—	—
k	kuan 1　2 寬　— 3　4 款　—	—	kun 1　2 坤　— 3　4 捆　困	kuang 1　2 筐　狂 3　4 —　況	—	—

韻母 聲母	uan	üan	uen	uang	ueng	ün
h	huan 1 歡　2 還 3 緩　4 換	—	hun 1 昏　2 魂 3 —　4 混	huang 1 荒　2 黃 3 謊　4 晃	—	—
j	—	juan 1 捐　2 — 3 捲　4 卷				jun 1 均　2 — 3 —　4 俊
q	—	quan 1 圈　2 全 3 犬　4 勸	—	—	—	qun 1 —　2 羣 3 —　4 —
x	—	xuan 1 宣　2 玄 3 選　4 炫	—	—	—	xun 1 熏　2 尋 3 —　4 訓
zh	zhuan 1 專　2 — 3 轉　4 賺	—	zhun 1 諄　2 — 3 准　4 —	zhuang 1 莊　2 — 3 奘　4 壯	—	—
ch	chuan 1 川　2 船 3 喘　4 串	—	chun 1 春　2 純 3 蠢　4 —	chuang 1 窗　2 牀 3 闖　4 創	—	
sh	shuan 1 拴　2 — 3 —　4 涮	—	shun 1 —　2 — 3 吮　4 順	shuang 1 雙　2 — 3 爽　4 —		

韻母 聲母	uan	üan	uen	uang	ueng	ün
r	ruan 1　2 — 3　4 軟　—	—	run 1　2 — 3　4 —　閩	—	—	—
z	zuan 1　2 躦　— 3　4 纂　鑽	—	zun 1　2 尊　— 3　4 —	—	—	—
c	cuan 1　2 躥　攢 3　4 —　竄	—	cun 1　2 村　存 3　4 忖　寸	—	—	—
s	suan 1　2 酸　— 3　4 —　算	—	sun 1　2 孫　— 3　4 損　—	—	—	—
零	wan 1　2 彎　完 3　4 晚　萬	yuan 1　2 冤　圓 3　4 遠　怨	wen 1　2 溫　文 3　4 穩　問	wang 1　2 汪　王 3　4 網　望	weng 1　2 翁　— 3　4 蓊　甕	yun 1　2 暈　雲 3　4 允　運

MP3 **四、拼讀練習**

1.　**d-uan-duan**　　　短途　　duǎntú

　　t-uan-tuan　　　團圓　　tuányuán

　　n-uan-nuan　　　暖壺　　nuǎnhú

　　l-uan-luan　　　卵黃　　luǎnhuáng

g-uan-guan	觀望	guānwàng
k-uan-kuan	寬廣	kuānguǎng
h-uan-huan	還願	huányuàn
zh-uan-zhuan	專款	zhuānkuǎn
ch-uan-chuan	傳喚	chuánhuàn
sh-uan-shuan	閂門	shuānmén
r-uan-ruan	軟硬	ruǎnyìng
z-uan-zuan	鑽石	zuànshí
c-uan-cuan	篡權	cuànquán
s-uan-suan	酸軟	suānruǎn
2. j-üan-juan	捐款	juānkuǎn
q-üan-quan	全權	quánquán
x-üan-xuan	宣傳	xuānchuán
3. d-uen-dun	盾牌	dùnpái
t-uen-tun	囤積	túnjī
l-uen-lun	淪亡	lúnwáng
g-uen-gun	滾圓	gǔnyuán
k-uen-kun	崑崙	Kūnlún
h-uen-hun	混亂	hùnluàn
zh-uen-zhun	準確	zhǔnquè
ch-uen-chun	春光	chūnguāng
sh-uen-shun	順便	shùnbiàn
r-uen-run	潤色	rùnsè
z-uen-zun	尊敬	zūnjìng
c-uen-cun	村莊	cūnzhuāng
s-uen-sun	損害	sǔnhài
4. g-uang-guang	光圈	guāngquān
k-uang-kuang	匡算	kuāngsuàn
h-uang-huang	黃昏	huánghūn

zh-uang-zhuang	狀況	zhuàngkuàng
ch-uang-chuang	闖關	chuǎngguān
sh-uang-shuang	雙簧	shuānghuáng

5. **j-ün-jun** 軍訓 jūnxùn

q-ün-qun 羣婚 qúnhūn

x-ün-xun 循環 xúnhuán

五、難點説明

üan 不讀 [yan]

在發韻母 üan 時，注意不要發成 [yan]，應該發成 [yɛn]。

(MP3) 六、難點練習

淵源 yuānyuán ～ 圓圈 yuánquān

原原本本 yuányuán-běnběn

捲土重來 juǎntǔ-chónglái

第**15**講

定義、作用

一、甚麼是輕聲

所謂輕聲，就是某個音節失去它原有的聲調，讀得又輕又短。

(MP3) 二、輕聲的作用

1. 輕聲可以區別詞義。

例如 ⋯⋯▶ 老子　　lǎozǐ〔哲學家〕

lǎozi〔父親的俗稱〕

東西　　dōngxī〔指方向〕

dōngxi〔指物品〕

2. 輕聲可以區別詞性。

例如 ⋯⋯▶ 地道　　dìdao（形容詞）〔真正的〕

dìdào（名詞）〔地下通道〕

花費　　huāfèi（動詞）〔把錢用掉〕

huāfei（名詞）〔用掉的錢〕

三、常見的輕聲字

輕　聲　字	舉　例
部分名詞詞尾：子 zi 　　　　　　　頭 tou	桌子 zhuōzi　　椅子 yǐzi 木頭 mùtou　　石頭 shítou
動詞重疊的後一個詞	看看 kànkan　　說說 shuōshuo
方位詞：上 shang，下 xia 　　　　　裏 li，邊 bian	屋頂上 wūdǐng shang 屋裏 wū li 東邊 dōngbian
結構助詞：的 de、地 de、 　　　　　　得 de	我的 wǒde　　輕輕地 qīngqingde 拿得動 ná de dòng
時態助詞：着 zhe、了 le、 　　　　　　過 guo	談着話 tánzhe huà　　來了 láile 看過 kànguo
語　氣　詞：啊 a、吧 ba、 　　　　　　嗎 ma	你呢 nǐ ne?　　是嗎 shì ma? 好吧 hǎo ba!

　　名詞以"子、頭"結尾的字容易記憶，其他普通話水平測試中經常用到的必須讀輕聲的詞語如下：

愛人 àiren	巴掌 bāzhang	爸爸 bàba
白淨 báijing	幫手 bāngshou	棒槌 bàngchui
包袱 bāofu	包涵 bāohan	本事 běnshi
比方 bǐfang	扁擔 biǎndan	彆扭 bièniu
撥弄 bōnong	簸箕 bòji	補丁 bǔding
不由得 bùyóude	不在乎 búzàihu	部分 bùfen
裁縫 cáifeng	財主 cáizhu	蒼蠅 cāngying
差事 chāishi	柴火 cháihuo	稱呼 chēnghu
除了 chúle	畜生 chùsheng	窗戶 chuānghu
刺蝟 cìwei	湊合 còuhe	耷拉 dāla

答應 dāying	打扮 dǎban	打點 dǎdian
打發 dǎfa	打量 dǎliang	打算 dǎsuan
打聽 dǎting	大方 dàfang	大爺 dàye
大夫 dàifu	耽擱 dānge	耽誤 dānwu
道士 dàoshi	稻子 dàozi	燈籠 dēnglong
提防 dīfang	地道 dìdao	地方 dìfang
弟弟 dìdi	弟兄 dìxiong	點心 diǎnxin
東家 dōngjia	東西 dōngxi	動靜 dòngjing
動彈 dòngtan	豆腐 dòufu	嘟囔 dūnang
對付 duìfu	對頭 duìtou	隊伍 duìwu
多麼 duōme	耳朵 ěrduo	風箏 fēngzheng
福氣 fúqi	甘蔗 gānzhe	幹事 gànshi
高粱 gāoliang	膏藥 gāoyao	告訴 gàosu
疙瘩 gēda	哥哥 gēge	胳膊 gēbo
工夫 gōngfu	公公 gōnggong	功夫 gōngfu
姑姑 gūgu	姑娘 gūniang	故事 gùshi
寡婦 guǎfu	褂子 guàzi	怪物 guàiwu
關係 guānxi	官司 guānsi	規矩 guīju
閨女 guīnü	蛤蟆 háma	含糊 hánhu
行當 hángdang	合同 hétong	和尚 héshang
核桃 hétao	紅火 hónghuo	厚道 hòu dao
狐狸 húli	胡琴 húqin	糊塗 hútu
皇上 huángshang	胡蘿蔔 húluóbo	活潑 huópo
火候 huǒhou	夥計 huǒji	護士 hùshi
機靈 jīling	脊梁 jǐliang	記號 jìhao
記性 jìxing	傢伙 jiāhuo	架勢 jiàshi
嫁妝 jiàzhuang	見識 jiànshi	將就 jiāngjiu
交情 jiāoqing	叫喚 jiàohuan	結實 jiēshi
街坊 jiēfang	姐夫 jiěfu	姐姐 jiějie
戒指 jièzhi	精神 jīngshen	舅舅 jiùjiu

咳嗽 késou	客氣 kèqi	口袋 kǒudai
窟窿 kūlong	快活 kuàihuo	困難 kùnnan
闊氣 kuòqi	喇叭 lǎba	喇嘛 lǎma
懶得 lǎnde	浪頭 làngtou	老婆 lǎopo
老實 lǎoshi	老太太 lǎotàitai	老頭子 lǎotóuzi
老爺 lǎoye	姥姥 lǎolao	累贅 léizhui
籬笆 líba	裏頭 lǐtou	力氣 lìqi
厲害 lìhai	利落 lìluo	利索 lìsuo
痢疾 lìji	連累 liánlei	涼快 liángkuai
糧食 liángshi	溜達 liūda	蘿蔔 luóbo
駱駝 luòtuo	媽媽 māma	麻煩 máfan
麻利 máli	馬虎 mǎhu	碼頭 mǎtou
買賣 mǎimai	忙活 mánghuo	冒失 màoshi
眉毛 méimao	媒人 méiren	妹妹 mèimei
門道 méndao	瞇縫 mīfeng	迷糊 míhu
苗條 miáotiao	名堂 míngtang	名字 míngzi
明白 míngbai	蘑菇 mógu	模糊 móhu
木匠 mùjiang	那麼 nàme	奶奶 nǎinai
難為 nánwei	腦袋 nǎodai	能耐 néngnai
你們 nǐmen	唸叨 niàndao	念頭 niàntou
娘家 niángjia	鑷子 nièzi	奴才 núcai
女婿 nǚxu	暖和 nuǎnhuo	瘧疾 nüèji
牌樓 páilou	盤算 pánsuan	朋友 péngyou
脾氣 píqi	屁股 pìgu	便宜 piányi
漂亮 piàoliang	婆家 pójia	婆婆 pópo
鋪蓋 pùgai	欺負 qīfu	前頭 qiántou
親戚 qīnqi	勤快 qínkuai	清楚 qīngchu
親家 qìngjia	熱鬧 rènao	人家 rénjia
人們 rénmen	認識 rènshi	掃帚 sàozhou
商量 shāngliang	上司 shàngsi	燒餅 shāobing

少爺 shàoye　　　甚麼 shénme　　　生意 shēngyi

牲口 shēngkou　　師父 shīfu　　　師傅 shīfu

石匠 shíjiang　　　石榴 shíliu　　　時候 shíhou

實在 shízai　　　　拾掇 shíduo　　　使喚 shǐhuan

世故 shìgu　　　　似的 shìde　　　　事情 shìqing

收成 shōucheng　　收拾 shōushi　　　首飾 shǒushi

叔叔 shūshu　　　　舒服 shūfu　　　　舒坦 shūtan

疏忽 shūhu　　　　爽快 shuǎngkuai　　思量 sīliang

算計 suànji　　　　歲數 suìshu　　　　他們 tāmen

它們 tāmen　　　　她們 tāmen　　　　太太 tàitai

挑剔 tiāoti　　　　跳蚤 tiàozao　　　鐵匠 tiějiang

頭髮 tóufa　　　　妥當 tuǒdang　　　唾沫 tuòmo

挖苦 wāku　　　　娃娃 wáwa　　　　晚上 wǎnshang

尾巴 wěiba　　　　委屈 wěiqu　　　　為了 wèile

位置 wèizhi　　　　穩當 wěndang　　　我們 wǒmen

稀罕 xīhan　　　　媳婦 xífu　　　　　喜歡 xǐhuan

下巴 xiàba　　　　嚇唬 xiàhu　　　　先生 xiānsheng

鄉下 xiāngxia　　　相聲 xiàngsheng　　消息 xiāoxi

小氣 xiǎoqi　　　　笑話 xiàohua　　　謝謝 xièxie

心思 xīnsi　　　　星星 xīngxing　　　猩猩 xīngxing

行李 xíngli　　　　兄弟 xiōngdi　　　休息 xiūxi

秀才 xiùcai　　　　秀氣 xiùqi　　　　學生 xuésheng

學問 xuéwen　　　衙門 yámen　　　　啞巴 yǎba

胭脂 yānzhi　　　　煙筒 yāntong　　　眼睛 yǎnjing

秧歌 yāngge　　　　養活 yǎnghuo　　　吆喝 yāohe

妖精 yāojing　　　鑰匙 yàoshi　　　　爺爺 yéye

衣服 yīfu　　　　　衣裳 yīshang　　　意思 yìsi

應酬 yìngchou　　　冤枉 yuānwang　　月餅 yuèbing

月亮 yuèliang　　　雲彩 yúncai　　　　運氣 yùnqi

在乎 zàihu　　　　咱們 zánmen　　　　早上 zǎoshang

怎麼 zěnme	扎實 zhāshi	眨巴 zhǎba
柵欄 zhàlan	張羅 zhāngluo	丈夫 zhàngfu
帳篷 zhàngpeng	丈人 zhàngren	招呼 zhāohu
招牌 zhāopai	折騰 zhēteng	這個 zhège
這麼 zhème	芝麻 zhīma	知識 zhīshi
指甲 zhǐjia(zhījia)	指頭 zhǐtou(zhítou)	主意 zhǔyi(zhúyi)
轉悠 zhuànyou	莊稼 zhuāngjia	壯實 zhuàngshi
狀元 zhuàngyuan	字號 zìhao	自在 zìzai
祖宗 zǔzong	嘴巴 zuǐba	作坊 zuōfang
琢磨 zhuómo		

🎧 四、拼讀練習

1.
爺爺 yéye	媽媽 māma	學生 xuésheng
房子 fángzi	告訴 gàosu	苦頭 kǔtou
消息 xiāoxi	闊氣 kuòqi	朋友們 péngyoumen
屋頂上 wūdǐng shang		

2. 甲：奶奶，李先生已經走了，我們也去吧！

　　Nǎinai, Lǐ xiānsheng yǐjing zǒule, wǒmen yě qù ba!

　　乙：好的，馬上就出發。你看看外面下雨了嗎？

　　Hǎo de, mǎshàng jiù chūfā. Nǐ kànkan wàimian xià yǔ le ma?

　　甲：沒有。孩子們還在玩兒呢！

　　Méiyǒu. Háizimen hái zài wánr ne.

　　乙：別忘記帶着傘，把窗户都關上。

　　Bié wàngji dàizhe sǎn, bǎ chuānghu dōu guānshang.

第 **16** 講

一、甚麼是兒化

所謂兒化，就是韻母 er 跟前面的韻母結合，使它產生一種捲舌動作，這種韻母叫兒化韻。兒化韻的寫法一般在原音節後加"r"。

🅜🄿🄿 二、兒化的作用

1. 兒化可以區別詞義。

例如 ⋯ 天 tiān ～ 天兒 tiānr〔一天裏的某段時間〕

頭 tóu ～ 頭兒 tóur〔領導〕

信 xìn ～ 信兒 xìnr〔消息〕

2. 兒化可以確定詞性。

例如 ⋯ 畫（動詞）huà ～ 畫兒 huàr（名詞）

印（動詞）yìn ～ 印兒 yìnr（名詞）

亮（形容詞）liàng ～ 亮兒liàngr（名詞）

> **注意**
>
> 區別兒韻和兒化韻。兒韻指 er 單獨成音節，兒化韻裏的 r 不單獨成音節。例如：男兒 nán'ér ～ 哪兒 nǎr
>
> 　　　　　　寵兒 chǒng'ér ～ 刺兒 cìr

3. 帶有"喜愛"、"親切"和"小"等感情色彩。

> **例如** ··· 小孩兒 xiǎoháir
>
> 花兒 huár
>
> 好玩兒 hǎowánr

(MP3) 三、兒化的發音規律

原 音 節	兒 化	舉 例	寫 法
1. 韻腹或 韻尾是 a，o，e，u	不變，加 r	香瓜兒 幹活兒 唱歌兒 水珠兒	xiāngguār gànhuór chànggēr shuǐzhūr
2. 韻母是 ai，ei， an，en	去掉 i 或 n，加 r	一塊兒 香味兒 釣竿兒 竅門兒	yíkuàir xiāngwèir diàogānr qiàoménr
3. 韻尾是 ng	去掉 ng，加 r，元音鼻化	藥方兒 幫忙兒	yàofāngr bāngmángr
4. 韻母是 i，ü	不變，加 [ər]	小雞兒 有趣兒	xiǎojīr yǒuqùr
5. 韻母是 舌尖元音 -i [ɿ]，-i [ʅ]	去掉 -i，加 [ər]	生詞兒 有事兒	shēngcír yǒushìr
6. 韻母是 ui，in， un，ün	去掉 -i 或 n，加 [ər]	麥穗兒 幹勁兒 車輪兒 短裙兒	màisuìr gànjìnr chēlúnr duǎnqúnr

四、拼讀練習

1. 打球兒 dǎqiúr   山歌兒 shāngēr

     拐彎兒 guǎiwānr   一點兒 yìdiǎnr

     信封兒 xìnfēngr   小雞兒 xiǎojīr

     打盹兒 dǎdǔnr   一對兒 yíduìr

2. 出了門兒陰了天(順口溜)

出了門兒，陰了天兒；	Chūle ménr, yīnle tiānr;
抱着肩兒，進茶館兒；	Bàozhe jiānr, jìn cháguǎnr;
靠爐台兒，	Kào lútáir,
找個朋友尋倆錢兒。	Zhǎo ge péngyou xún liǎ qiánr.
出茶館兒，飛雪花兒；	Chū cháguǎnr, fēi xuěhuār;
這老天竟和咱們鬧着玩兒！	Zhè lǎotiān jìng hé zánmen nàozhe wánr!

五、普通話水平考試常見的兒化詞

a → ar	刀把兒 dāobàr	號碼兒 hàomǎr
	戲法兒 xìfǎr	在哪兒 zàinǎr
	找茬兒 zhǎochár	打雜兒 dǎzár
	板擦兒 bǎncār	
ai → ar	名牌兒 míngpáir	鞋帶兒 xiédàir
	壺蓋兒 húgàir	小孩兒 xiǎoháir
	加塞兒 jiāsāir	
an → ar	快板兒 kuàibǎnr	老伴兒 lǎobànr
	蒜瓣兒 suànbànr	臉盤兒 liǎnpánr
	臉蛋兒 liǎndànr	收攤兒 shōutānr

	柵欄兒 zhàlánr	包乾兒 bāogānr
	筆桿兒 bǐgǎnr	門檻兒 ménkǎnr
ang —→ ar（鼻化）	藥方兒 yàofāngr	趕趟兒 gǎntàngr
	香腸兒 xiāngchángr	瓜瓤兒 guāróngr
ia —→ iar	掉價兒 diàojiàr	一下兒 yíxiàr
	豆芽兒 dòuyár	
ian —→ iar	小辮兒 xiǎobiànr	照片兒 zhàopiānr
	扇面兒 shànmiànr	差點兒 chàdiǎnr
	一點兒 yìdiǎnr	雨點兒 yǔdiǎnr
	聊天兒 liáotiānr	拉鏈兒 lāliànr
	冒尖兒 màojiānr	坎肩兒 kǎnjiānr
	牙籤兒 yáqiānr	露餡兒 lòuxiànr
	心眼兒 xīnyǎnr	
iang—→ iar（鼻化）	鼻樑兒 bíliángr	透亮兒 tòuliàngr
	花樣兒 huāyàngr	
ua —→ uar	腦瓜兒 nǎoguār	大褂兒 dàguàr
	麻花兒 máhuār	笑話兒 xiàohuar
	牙刷兒 yáshuār	
uai —→ uar	一塊兒 yíkuàir	
uan —→ uar	茶館兒 cháguǎnr	飯館兒 fànguǎnr
	火罐兒 huǒguànr	落款兒 luòkuǎnr
	打轉兒 dǎzhuànr	拐彎兒 guǎiwānr
	好玩兒 hǎowánr	大腕兒 dàwànr
uang—→ uar（鼻化）	蛋黃兒 dànhuángr	打晃兒 dǎhuàngr
	天窗兒 tiānchuāngr	

üan → üar	煙捲兒 yānjuǎnr	手絹兒 shǒujuànr
	出圈兒 chūquānr	包圓兒 bāoyuánr
	人緣兒 rényuánr	繞遠兒 ràoyuǎnr
	雜院兒 zāyuànr	
ei → er	刀背兒 dāobèir	摸黑兒 mōhēir
en → er	老本兒 lǎoběnr	花盆兒 huāpénr
	嗓門兒 sǎngménr	把門兒 bǎménr
	哥們兒 gēmenr	納悶兒 nàmènr
	後跟兒 hòugēnr	高跟兒鞋 gāogēnrxié
	別針兒 biézhēnr	一陣兒 yízhènr
	走神兒 zǒushénr	大嬸兒 dàshěnr
	小人兒書 xiǎorénrshū	杏仁兒 xìngrénr
	刀刃兒 dāorènr	
eng → er（鼻化）	鋼蹦兒 gāngbèngr	夾縫兒 jiáfèngr
	脖頸兒 bógěngr	提成兒 tíchéngr
ie → ier	半截兒 bànjiér	小鞋兒 xiǎoxiér
üe → üer	旦角兒 dànjuér	主角兒 zhǔjuér
uei → uer	跑腿兒 pǎotuǐr	一會兒 yíhuìr
	耳垂兒 ěrchuír	墨水兒 mòshuǐr
	圍嘴兒 wéizuǐr	走味兒 zǒuwèir
uen → uer	打盹兒 dǎdǔnr	胖墩兒 pàngdūnr
	砂輪兒 shālúnr	冰棍兒 bīnggùnr
	沒準兒 méizhǔnr	開春兒 kāichūnr
-i（前）→ er	瓜子兒 guāzǐr	石子兒 shízǐr
	沒詞兒 méicír	挑刺兒 tiāocìr

-i（後）→ er	墨汁兒 mòzhīr	鋸齒兒 jùchǐr
	記事兒 jìshìr	
i → i:er	針鼻兒 zhēnbír	墊底兒 diàndǐr
	肚臍兒 dùqír	玩意兒 wānyìr
in → i:er	有勁兒 yǒujìnr	送信兒 sòngxìnr
	腳印兒 jiǎoyìnr	
ing → i:er（鼻化）	花瓶兒 huāpíngr	打鳴兒 dǎmíngr
	圖釘兒 túdīngr	門鈴兒 ménlíngr
	眼鏡兒 yǎnjìngr	蛋清兒 dànqīngr
	火星兒 huǒxīngr	人影兒 rényǐngr
ü → ü:er	毛驢兒 máolǘr	小曲兒 xiǎoqǔr
	痰盂兒 tányúr	
üe → ü:er	合群兒 héqúnr	
e → er	模特兒 mótèr	逗樂兒 dòulèr
	唱歌兒 chànggēr	挨個兒 āigèr
	打嗝兒 dǎgér	飯盒兒 fànhér
	在這兒 zàizhèr	
u → ur	碎步兒 suìbùr	沒譜兒 méipǔr
	兒媳婦兒 érxífur	梨核兒 líhúr
	淚珠兒 lèizhūr	有數兒 yǒushùr
ong → or（鼻化）	果凍兒 guǒdòngr	門洞兒 méndòngr
	胡同兒 hútòngr	抽空兒 chōukòngr
	酒盅兒 jiǔzhōngr	小蔥兒 xiǎocōngr
iong → ior（鼻化）	* 小熊兒 xiǎoxióngr	
ao → aor	紅包兒 hóngbāor	燈泡兒 dēngpàor

	半道兒 bàndàor	手套兒 shǒutàor
	跳高兒 tiàogāor	叫好兒 jiàohǎor
	口罩兒 kǒuzhàor	絕招兒 juézhāor
	口哨兒 kǒushàor	蜜棗兒 mìzǎor
iao ⟶ iaor	魚漂兒 yúpiāor	火苗兒 huǒmiáor
	跑調兒 pǎodiàor	麵條兒 miàntiáor
	豆角兒 dòujiǎor	開竅兒 kāiqiàor
ou ⟶ our	衣兜兒 yīdōur	老頭兒 lǎotóur
	年頭兒 niántóur	小偷兒 xiǎotōur
	門口兒 ménkǒur	紐扣兒 niǔkòur
	線軸兒 xiànzhóur	小丑兒 xiǎochǒur
	加油兒 jiāyóur	
iou ⟶ iour	頂牛兒 dǐngniúr	抓鬮兒 zhuājiūr
	棉球兒 miánqiúr	
uo ⟶ uor	火鍋兒 huǒguōr	做活兒 zuòhuór
	大夥兒 dàhuǒr	郵戳兒 yóuchuōr
	小說兒 xiǎoshuōr	被窩兒 bèiwōr
(o) ⟶ or	耳膜兒 ěrmór	粉末兒 fěnmòr

變調

定義、種類

一、甚麼是變調

所謂變調，就是這個音節的聲調受到前面或後面音節聲調的影響而發生了變化。

二、第三聲的變調

1. 在另一個第三聲字前變讀為接近第二聲（35）

水果 shuǐguǒ　　　　寶島 bǎodǎo
廣場 guǎngchǎng　　展覽 zhǎnlǎn

2. 在第一、二、四聲或輕聲字前讀半三聲（211）

雨衣 yǔyī　　　　　老師 lǎoshī
主席 zhǔxí　　　　改革 gǎigé
馬路 mǎlù　　　　　訪問 fǎngwèn

3. 三個或以上的字都是第三聲時，按語意或詞彙結構分成小節再變調。

彼此了解 bǐcǐ-liǎojiě　　永遠友好 yǒngyuǎn-yǒuhǎo

(MP3) **三、"一"的變調**

1. 第四聲前讀成第二聲(35)

一唱一和　　yíchàng-yíhè

一動一靜　　yídòng-yíjìng

2. 第一、二、三聲前讀成第四聲(51)

一天 yì tiān　　　一朝一夕 yìzhāo-yìxī

一生 yì shēng　　一來一回 yìlái-yìhuí

一年 yì nián　　　一老一小 yìlǎo-yìxiǎo

3. 含輕聲的變調

夾在重疊的動詞中間唸輕聲，例如：

看一看　　kànyikàn

試一試　　shìyishì

等一等　　děngyiděng

(MP3) **四、"不"的變調**

1. 第四聲前讀成第二聲

不痛不癢 bútòng-bùyǎng　　　不問不聞 búwèn-bùwén

不卑不亢 bùbēi-búkàng

2. 含輕聲的變調

夾在詞語中間讀輕聲

差不多 chàbuduō　　　對不起 duìbuqǐ

寫不好 xiěbuhǎo　　　拿不到 nábudào

注意

變調只是在發音時調值有變化，具體書寫時，一般仍標寫原來的調號。

第 **18** 講 "啊"的音變

一、甚麼是"啊"的音變

語氣詞"啊"受到前一個音節韻母最後一個音的影響，讀音會發生變化。

二、"啊"的音變規律

前一個音節韻母的最後一個音	"啊"的實際讀音	漢字寫法	舉 例
a，o，e，ê，i，ü	**ya**	呀	你呀 nǐ ya 我呀 wǒ ya
u (ao，iao)	**wa**	哇	早哇 zǎo wa 苦哇 kǔ wa
n	**na**	哪	天哪 tiān na 看哪 kàn na

> **注 意**
>
> 1. ao、iao 這兩個韻母最後一個元音 o，實際讀為 u，所以"啊"的音變跟以 u 結尾的情況相同。
> 2. -i [ɿ]、-i [ʅ]和 ng 結尾時，"啊"a 仍寫作"啊"a，讀音基本上也跟 a 差不多。

三、拼讀練習

1. 甲：您好哇！好久沒見哪！Nín hǎo wa! Hǎojiǔ méi jiàn na!

   乙：是啊。你這孫子多可愛呀！Shì a, nǐ zhè sūnzi duō kě'ài ya!

2. 甲：快走哇！爸爸在叫我們哪！Kuài zǒu wa! Bàba zài jiào wǒmen na!

   乙：別急呀！這兒玩兒得多高興啊！Bié jí ya! Zhèr wánr de duō gāoxìng a!

常用百家姓

二　畫

丁	Dīng	丁汝昌	Dīng Rǔchāng

三　畫

于	Yú	于謙	Yú Qiān

四　畫

孔	Kǒng	孔子	Kǒngzǐ
文	Wén	文天祥	Wén Tiānxiáng
尹	Yǐn	尹吉甫	Yǐn Jífǔ
方	Fāng	方苞	Fāng Bāo
王	Wáng	王維	Wáng Wéi

五　畫

史	Shǐ	史可法	Shǐ Kěfǎ
石	Shí	石守信	Shí Shǒuxìn
艾	Ài	艾青	Ài Qīng
田	Tián	田承嗣	Tián Chéngsì
包	Bāo	包拯	Bāo Zhěng
司徒	Sītú	司徒映	Sītú Yìng
司馬	Sīmǎ	司馬遷	Sīmǎ Qiān
甘	Gān	甘源	Gān Yuán

六　畫

朱	Zhū	朱元璋	Zhū Yuánzhāng
江	Jiāng	江永	Jiāng Yǒng
安	Ān	安祿山	Ān Lùshān
任	Rén	任熊	Rén Xióng

七　畫

呂	Lǚ	呂不韋	Lǚ Bùwéi
余	Yú	余光中	Yú Guāngzhōng
李	Lǐ	李自成	Lǐ Zìchéng
杜	Dù	杜甫	Dù Fǔ
吳	Wú	吳承恩	Wú Chéng'ēn
阮	Ruǎn	阮咸	Ruǎn Xián
沈	Shěn	沈括	Shěn Kuò
岑	Cén	岑參	Cén Cān
辛	Xīn	辛棄疾	Xīn Qìjí
何	Hé	何遜	Hé Xùn
汪	Wāng	汪精衛	Wāng Jīngwèi
宋	Sòng	宋慶齡	Sòng Qìnglíng

八　畫

孟	Mèng	孟子	Mèngzǐ
邱	Qiū	邱為	Qiū Wéi
林	Lín	林則徐	Lín Zéxú
周	Zhōu	周恩來	Zhōu Ēnlái
邵	Shào	邵雍	Shào Yōng
范	Fàn	范仲淹	Fàn Zhòngyān

九　畫

俞	Yú	俞大猷	Yú Dàyóu
姜	Jiāng	姜尚	Jiāng Shàng
柳	Liǔ	柳宗元	Liǔ Zōngyuán
洪	Hóng	洪秀全	Hóng Xiùquán
施	Shī	施耐庵	Shī Nài'ān
姚	Yáo	姚崇	Yáo Chóng
胡	Hú	胡適	Hú Shì

十　畫

孫	Sūn	孫中山	Sūn Zhōngshān
莫	Mò	莫友芝	Mò Yǒuzhī
翁	Wēng	翁心存	Wēng Xīncún
夏	Xià	夏丏尊	Xià Miǎnzūn
倪	Ní	倪用賓	Ní Yòngbīn
秦	Qín	秦良玉	Qín Liángyù
徐	Xú	徐志摩	Xú Zhìmó
畢	Bì	畢昇	Bì Shēng
高	Gāo	高迎祥	Gāo Yíngxiáng
馬	Mǎ	馬致遠	Mǎ Zhìyuǎn
袁	Yuán	袁紹	Yuán Shào
班	Bān	班超	Bān Chāo
唐	Táng	唐順之	Táng Shùnzhī
殷	Yīn	殷嘉	Yīn Jiā

十一畫

郭	Guō	郭子儀	Guō Zǐyí
麥	Mài	麥文貴	Mài Wénguì
康	Kāng	康有為	Kāng Yǒuwéi
梁	Liáng	梁啟超	Liáng Qǐchāo
陸	Lù	陸游	Lù Yóu
陶	Táo	陶淵明	Táo Yuānmíng
許	Xǔ	許慎	Xǔ Shèn
曹	Cáo	曹操	Cáo Cāo
張	Zhāng	張衡	Zhāng Héng
陳	Chén	陳獨秀	Chén Dúxiù
戚	Qī	戚繼光	Qī Jìguāng
崔	Cuī	崔鶯鶯	Cuī Yīngying

十二畫

項	Xiàng	項羽	Xiàng Yǔ
彭	Péng	彭玉麟	Péng Yùlín
董	Dǒng	董卓	Dǒng Zhuó
馮	Féng	馮衍	Féng Yǎn
湯	Tāng	湯若望	Tāng Ruòwàng
黃	Huáng	黃庭堅	Huáng Tíngjiān
喬	Qiáo	喬順	Qiáo Shùn
曾	Zēng	曾國藩	Zēng Guófān
傅	Fù	傅雷	Fù Léi
葉	Yè	葉聖陶	Yè Shèngtáo
萬	Wàn	萬寶常	Wàng Bǎocháng
程	Chéng	程灝	Chéng Hào

十三畫

鄔	Wū	鄔彤	Wū Tóng
鄒	Zōu	鄒容	Zōu Róng
溫	Wēn	溫庭筠	Wēn Tíngjūn
楊	Yáng	楊堅	Yáng Jiān
賈	Jiǎ	賈寶玉	Jiǎ Bǎoyù

十四畫

鄧	Dèng	鄧小平	Dèng Xiǎopíng
蔣	Jiǎng	蔣介石	Jiǎng Jièshí
廖	Liào	廖永安	Liào Yǒng'ān
齊	Qí	齊白石	Qí Báishí
趙	Zhào	趙匡胤	Zhào Kuāngyìn
蔡	Cài	蔡倫	Cài Lún

十五畫

魯	Lǔ	魯迅	Lǔ Xùn
劉	Liú	劉邦	Liú Bāng
鄭	Zhèng	鄭和	Zhèng Hé
潘	Pān	潘金蓮	Pān Jīnlián
歐	Ōu	歐善堂	Ōu Shàntáng
歐陽	Ōuyáng	歐陽修	Ōuyáng Xiū

十六畫

錢	Qián	錢大昕	Qián Dàxīn
霍	Huò	霍去病	Huò Qùbìng
鮑	Bào	鮑叔牙	Bào Shūyá
盧	Lú	盧照鄰	Lú Zhàolín

十七畫

鍾	Zhōng	鍾子期	Zhōng Zǐqī
蕭	Xiāo	蕭何	Xiāo Hé
戴	Dài	戴德	Dài Dé
謝	Xiè	謝靈運	Xiè Língyùn
韓	Hán	韓愈	Hán Yù

十八畫

聶	Niè	聶士成	Niè Shìchéng
鄺	Kuàng	鄺子輔	Kuàng Zǐfǔ
顏	Yán	顏真卿	Yán Zhēnqīng
魏	Wèi	魏徵	Wèi Zhēng

十九畫

蘇	Sū	蘇東坡	Sū Dōngpō
羅	Luó	羅貫中	Luó Guànzhōng
譚	Tán	譚嗣同	Tán Sìtóng
關	Guān	關漢卿	Guān Hànqīng

二十畫

| 嚴 | Yán | 嚴復 | Yán Fù |

二十一畫

| 顧 | Gù | 顧炎武 | Gù Yánwǔ |

附錄 II 中國各省市、自治區名稱表

	簡 稱	省 會
* 重慶市 Chóngqìng Shì	渝 Yú	—
四川省 Sìchuān Shěng	蜀 Shǔ	成都市 Chéngdū Shì
貴州省 Guìzhōu Shěng	黔 Qián	貴陽市 Guìyáng Shì
雲南省 Yúnnán Shěng	滇 Diān	昆明市 Kūnmíng Shì
西藏自治區 Xīzàng Zì Zhì Qū	藏 Zàng	拉薩市 Lāsà Shì
陝西省 Shǎnxī Shěng	陝 Shǎn	西安市 Xī'ān Shì
寧夏回族自治區 Níngxià Huízú Zì Zhì Qū	寧 Níng	銀川市 Yínchuān Shì
甘肅省 Gānsù Shěng	甘 Gān	蘭州市 Lánzhōu Shì
青海省 Qīnghǎi Shěng	青 Qīng	西寧市 Xīníng Shì
新疆維吾爾自治區 Xīnjiāng Wéiwú'ěr Zì Zhì Qū	新 Xīn	烏魯木齊市 Wūlǔmùqí Shì
* 北京市 Běijīng Shì	京 Jīng	—
* 天津市 Tiānjīn Shì	津 Jīn	—
河北省 Héběi Shěng	冀 Jì	石家莊市 Shíjiāzhuāng Shì
河南省 Hénán Shěng	豫 Yù	鄭州市 Zhèngzhōu Shì
山東省 Shāndōng Shěng	魯 Lǔ	濟南市 Jǐnán Shì
山西省 Shānxī Shěng	晉 Jìn	太原市 Tàiyuán Shì
內蒙古自治區 Nèiměnggǔ Zì Zhì Qū	內蒙古 Nèiměnggǔ	呼和浩特市 Hūhéhàotè Shì
黑龍江省 Hēilóngjiāng Shěng	黑 Hēi	哈爾濱市 Hā'ěrbīn Shì
吉林省 Jílín Shěng	吉 Jí	長春市 Chángchūn Shì

	簡 稱	省 會
遼寧省 Liáoníng Shěng	遼 Liáo	瀋陽市 Shěnyáng Shì
福建省 Fújiàn Shěng	閩 Mǐn	福州市 Fúzhōu Shì
台灣省 Táiwān Shěng	台 Tái	台北市 Táiběi Shì
廣東省 Guǎngdōng Shěng	粵 Yuè	廣州市 Guǎngzhōu Shì
廣西壯族自治區 Guǎngxī Zhuàngzú Zì Zhì Qū	桂 Guì	南寧市 Nánníng Shì
海南省 Hǎinán Shěng	瓊 Qióng	海口市 Hǎikǒu Shì
香港特別行政區 Xiānggǎng Tèbié Xíngzhèng Qū	港 Gǎng	—
澳門特別行政區 Àomén Tèbié Xíngzhèng Qū	澳 Ào	—
*上海市 Shànghǎi Shì	滬 Hù	—
安徽省 Ānhuī Shěng	皖 Wǎn	合肥市 Héféi Shì
江蘇省 Jiāngsū Shěng	蘇 Sū	南京市 Nánjīng Shì
浙江省 Zhèjiāng Shěng	浙 Zhè	杭州市 Hángzhōu Shì
湖北省 Húběi Shěng	鄂 È	武漢市 Wǔhàn Shì
湖南省 Húnán Shěng	湘 Xiāng	長沙市 Chángshā Shì
江西省 Jiāngxī Shěng	贛 Gàn	南昌市 Nánchāng Shì

注意：* = 直轄市 Zhíxiá Shì

漢語拼音方案

一、字母表

字母名稱						
Aa ㄚ	Bb ㄅㄝ	Cc ㄘㄝ	Dd ㄉㄝ	Ee ㄜ	Ff ㄝㄈ	Gg ㄍㄝ
Hh ㄏㄚ	Ii ㄧ	Jj ㄐㄧㄝ	Kk ㄎㄝ	Ll ㄝㄌ	Mm ㄝㄇ	Nn ㄋㄝ
Oo ㄛ	Pp ㄆㄝ	Qq ㄑㄧㄡ	Rr ㄚㄦ	Ss ㄝㄙ	Tt ㄊㄝ	Uu ㄨ
Vv ㄪㄝ	Ww ㄨㄚ	Xx ㄒㄧ	Yy ㄧㄚ	Zz ㄗㄝ		

v 只用來拼寫外來語、少數民族語言和方言。
字母的手寫體依照拉丁字母的一般書寫習慣。

二、聲母表

b ㄅ玻	p ㄆ坡	m ㄇ摸	f ㄈ佛	d ㄉ得	t ㄊ特	n ㄋ訥	l ㄌ勒
g ㄍ哥	k ㄎ科	h ㄏ喝		j ㄐ基	q ㄑ欺	x ㄒ希	
zh ㄓ知	ch ㄔ蚩	sh ㄕ詩	r ㄖ日	z ㄗ資	c ㄘ雌	s ㄙ思	

在給漢字注音的時候，為了使拼式簡短，zh ch sh 可以省作 ẑ ĉ ŝ。

二、韻母表

		i ㄧ　　衣		u ㄨ　　烏		ü ㄩ　　迂	
a ㄚ	啊	ia ㄧㄚ	呀	ua ㄨㄚ	蛙		
o ㄛ	喔			uo ㄨㄛ	窩		
e ㄜ	鵝	ie ㄧㄝ	耶			üe ㄩㄝ	約
ai ㄞ	哀			uai ㄨㄞ	歪		
ei ㄟ	欸			uei ㄨㄟ	威		
ao ㄠ	熬	iao ㄧㄠ	腰				
ou ㄡ	歐	iou ㄧㄡ	憂				
an ㄢ	安	ian ㄧㄢ	煙	uan ㄨㄢ	彎	üan ㄩㄢ	冤
en ㄣ	恩	in ㄧㄣ	因	uen ㄨㄣ	溫	ün ㄩㄣ	暈
ang ㄤ	昂	iang ㄧㄤ	央	uang ㄨㄤ	汪		
eng ㄥ	亨的韻母	ing ㄧㄥ	英	ueng ㄨㄥ	翁		
ong (ㄨㄥ)	轟的韻母	iong ㄩㄥ	雍				

(1) "知、蚩、詩、日、資、雌、思"等七個音節的韻母用 i，即：知、蚩、詩、日、資、雌、思等字拼作 zhi，chi，shi，ri，zi，ci，si。

(2) 韻母ㄦ寫成 er，用做韻尾的時候寫成 r。例如："兒童"拼作 ertong，"花兒"拼作 huar。

(3) 韻母ㄝ單用的時候寫成 ê。

(4) i 行韻母，前面沒有聲母時，寫成：yi(衣)，ya(呀)，ye(耶)，yao(腰)，you(憂)，yan(煙)，yin(因)，yang(央)，ying(英)，yong(雍)。

　　u 行韻母，前面沒有聲母時，寫成：wu(烏)，wa(蛙)，wo(窩)，wai(歪)，wei(威)，wan(彎)，wen(溫)，wang(汪)，weng(翁)。

　　ü 行韻母，前面沒有聲母時，寫成：yu(迂)，yue(約)，yuan(冤)，yun(暈)；ü 上兩點省略。

ü 行韻母，跟聲母 j，q，x 拼時，寫成：ju(居)，qu(區)，xu(虛)，ü 上兩點
也省略；但跟聲母 n，l 拼時，寫成：nü（女），lü（呂）。

(5) iou，uei，uen 前面加聲母時，寫成：iu，ui，un，例如 niu(牛)，gui(歸)，
lun(論)。

(6) 在給漢字注音時，為了使拼式簡短，ng 可以省作 ŋ。

四、聲 調 符 號

陰平	陽平	上聲	去聲
ˉ	ˊ	ˇ	ˋ

聲調符號標在音節的主要母音上，輕聲不標。例如：

媽 mā	麻 má	馬 mǎ	罵 mà	嗎 ma
(陰平)	(陽平)	(上聲)	(去聲)	(輕聲)

五、隔 音 符 號

a，o，e 開頭的音節連接在其他音節後面的時候，如果音節的界限發生混淆，
用隔音符號（’）隔開，例如：pi’ao（皮襖）。

附錄 IV ｜ 普通話聲韻配合表

例字 聲母	-i[ʅ,ɿ]	a	o	e	ê	er	ai	ei	ao	ou	an	en	ang	eng	ong	韻 i
					開　口　呼											
b		ba 巴	bo 玻				bai 白	bei 杯	bao 包		ban 般	ben 奔	bang 幫	beng 崩		bi 逼
p		pa 爬	po 婆				pai 拍	pei 胚	pao 拋	pou 剖	pan 潘	pen 噴	pang 旁	peng 烹		pi 批
m		ma 媽	mo 摸	me 麼			mai 買	mei 梅	mao 貓	mou 謀	man 瞞	men 悶	mang 忙	meng 蒙		mi 迷
f		fa 發	fo 佛					fei 非		fou 否	fan 帆	fen 分	fang 方	feng 風		
d		da 搭		de 德			dai 呆	dei 得①	dao 刀	dou 兜	dan 擔	den 扥	dang 當	deng 登	dong 東	di 低
t		ta 他		te 特			tai 胎		tao 掏	tou 偷	tan 攤		tang 湯	teng 騰	tong 通	ti 梯
n		na 拿		ne 訥			nai 奶	nei 內	nao 腦	nou 耨	nan 男	nen 嫩	nang 囊	neng 能	nong 農	ni 泥
l		la 拉		le 勒			lai 來	lei 雷	lao 老	lou 樓	lan 蘭		lang 郎	leng 冷	long 龍	li 梨
g		ga 嘎		ge 哥			gai 該	gei 給	gao 高	gou 溝	gan 幹	gen 根	gang 剛	geng 庚	gong 工	
k		ka 咖		ke 科			kai 開	kei 剋②	kao 考	kou 口	kan 看	ken 肯	kang 康	keng 坑	kong 空	
h		ha 哈		he 喝			hai 海	hei 黑	hao 耗	hou 侯	han 寒	hen 很	hang 杭	heng 哼	hong 轟	
j																jī 雞
q																qi 欺
x																xi 希
zh	zhi 知	zha 渣		zhe 遮			zhai 摘	zhei 這③	zhao 招	zhou 舟	zhan 占	zhen 針	zhang 張	zheng 爭	zhong 中	
ch	chi 吃	cha 插		che 車			chai 差		chao 超	chou 抽	chan 產	chen 陳	chang 昌	cheng 成	chong 充	
sh	shi 詩	sha 沙		she 奢			shai 篩	shei 誰④	shao 燒	shou 收	shan 山	shen 身	shang 商	sheng 生		
r	ri 日			re 熱					rao 繞	rou 柔	ran 然	ren 人	rang 嚷	reng 扔	rong 絨	
z	zi 滋	za 雜		ze 則			zai 災		zao 遭	zou 鄒	zan 簪	zen 怎	zang 臧	zeng 增	zong 宗	
c	ci 雌	ca 擦		ce 測			cai 猜		cao 操	cou 湊	can 參	cen 岑	cang 倉	ceng 層	cong 蔥	
s	si 司	sa 薩		se 色			sai 腮		sao 騷	sou 搜	san 三	sen 森	sang 桑	seng 僧	song 松	
零		a 阿	o 喔	e 鵝	ê 欸	er 兒	ai 哀	ei 欸⑤	ao 熬	ou 歐	an 安	en 恩	ang 昂	eng 鞥		yi 衣

① "必須"的意思，如：你得去一次。
② 申斥的意思，如：把我剋一頓。
③ "這"的口語音。
④ "誰"的口語音。
⑤ "欸"(ê)的又讀。

	齒	呼				合	口			呼					撮	口	呼	
ian	in	iang	ing	iong	u	ua	uo	uai	uei	uan	uen	uang	ueng	ü	üe	üan	ün
bian 邊	bin 賓		bing 兵		bu 布												
pian 偏	pin 拼		ping 平		pu 鋪												
mian 棉	min 民		ming 名		mu 木												
					fu 夫												
dian 顛			ding 丁		du 都		duo 多		dui 對	duan 端	dun 敦						
tian 天			ting 聽		tu 禿		tuo 托		tui 腿	tuan 團	tun 吞						
nian 年	nin 您	niang 娘	ning 寧		nu 奴		nuo 挪			nuan 暖				nü 女	nüe 虐		
lian 連	lin 林	liang 良	ling 零		lu 爐		luo 羅			luan 亂	lun 論			lü 呂	lüe 掠		
					gu 姑	gua 瓜	guo 郭	guai 乖	gui 規	guan 官	gun 棍	guang 光					
					ku 枯	kua 誇	kuo 闊	kuai 快	kui 虧	kuan 寬	kun 困	kuang 筐					
					hu 呼	hua 花	huo 活	huai 懷	hui 灰	huan 歡	hun 昏	huang 荒					
jian 間	jin 斤	jiang 江	jing 京	jiong 窘										ju 居	jue 決	juan 捐	jun 均
qian 千	qin 親	qiang 腔	qing 青	qiong 窮										qu 區	que 缺	quan 圈	qun 羣
xian 先	xin 新	xiang 香	xing 星	xiong 兄										xu 虛	xue 學	xuan 宣	xun 勳
					zhu 朱	zhua 抓	zhuo 桌	zhuai 拽	zhui 追	zhuan 專	zhun 准	zhuang 莊					
					chu 出	chua 欻	chuo 戳	chuai 揣	chui 吹	chuan 川	chun 春	chuang 窗					
					shu 書	shua 刷	shuo 説	shuai 衰	shui 水	shuan 拴	shun 順	shuang 雙					
					ru 如		ruo 弱		rui 鋭	ruan 軟	run 閏						
					zu 租		zuo 昨		zui 嘴	zuan 鑽	zun 尊						
					cu 粗		cuo 撮		cui 催	cuan 竄	cun 村						
					su 蘇		suo 所		sui 雖	suan 酸	sun 孫						
yan 煙	yin 因	yang 央	ying 英	yong 擁	wu 烏	wa 娃	wo 窩	wai 歪	wei 威	wan 彎	wen 温	wang 汪	weng 翁	yu 迂	yue 約	yuan 淵	yun 暈